书名题字 / 马德帆

一 个 大 了 的 生 死 笔 记

韩云 著

花落了

人民文学出版社

图书在版编目（CIP）数据

花落了：一个大了的生死笔记／韩云著. -- 北京：
人民文学出版社，2025. -- ISBN 978-7-02-019253-3

Ⅰ．I267

中国国家版本馆CIP数据核字第2025AT2124号

责任编辑　马林霄萝
装帧设计　李思安
责任印制　王重艺

出版发行　人民文学出版社
社　　址　北京市朝内大街166号
邮政编码　100705

印　　刷　北京新华印刷有限公司
经　　销　全国新华书店等

字　　数　108千字
开　　本　787毫米×1092毫米　1/32
印　　张　8.375　插页1
印　　数　1—5000
版　　次　2025年9月北京第1版
印　　次　2025年9月第1次印刷

书　　号　978-7-02-019253-3
定　　价　62.00元

如有印装质量问题，请与本社图书销售中心调换。电话：010－59905336

目录

"大了"，拼音读 dà liǎo，语调为四声三声，是我们天津人对婚丧嫁娶组织者的一个称呼。

　　"九河下梢天津卫，三道浮桥两道关"，我们天津卫婚丧嫁娶那可是个大事，丝毫马虎不得，所以程序那是相当的烦琐。天津人还都讲面子要面子，所以老例就特别多，可一般过日子的平常老百姓谁没事研究这个。

　　办红白喜事的人家，突然来个几十口子人，搞得当事者手忙脚乱晕头转向，还要担心自己组织不好照顾不周，让亲朋好友挑礼笑话，所以一般这样的大事都要请大了，一切听从大了的安排。后来结婚有了婚庆公司，大了就主要负责白事。

　　现在的大了，专指白事的组织者。

序：生死也是一件小事

1

经常听人说："人生除了生死，都是小事。"可我想说的是："生死也是一件小事。"我这样说，当然有我的理由，因为我出生在一个"白事之家"。

我爸和爷爷会帮助逝者家属处理白事上的一切事宜，也就是天津人称呼的"大了"师傅。对于一个从小生活成长在大了家的孩子，"生死不是什么人生大事"的想法要追溯到我的童年。

毫不夸张地讲，白事是我童年的自助餐厅也是我的游乐场。只要附近有人去世，我爸就会像去邻居家串门儿似的，牵着我的小手一同前往。

供桌上的水果和小点心，只要我饿了，都可以大胆说出来，总会有和善的大人拿给我。他们会用哭红的眼睛看着我吃，同时轻轻抚摸我的头。

我是大了家的孩子，打小看着一具具遗体被抬走，也是不同的遗体陪伴着我长大。当邻居家小朋友都在玩玻璃球、弹弓的时候，我玩得要比他们高端大气得多，我经常玩的几样玩具，不是纸钱就是供桌上的打狗棒。

还有几次实在无聊，偷偷拿了遗体脸上的蒙脸布，裹上很多烧纸灰在院子里扬来扬去。漫天飞舞的烧纸灰，像下着灰黑色的大片雪花。

白事中的大人们都很忙，没人理会我。后来我开始把研究对象，转移到一动不动的遗体上。我经常问爸爸："为什么躺着的这个人总在睡觉？为什么大家都要围着睡觉的人哭？这些人什么时候会睡醒？在哭声中还能继续睡，他们不怕吵吗？"

现在我还记得我爸的回答："你去小朋友家玩，玩累了天黑了，是不是要回家？他们不是在睡觉，而是回家去啦……"

当我做了大了，也经常有人问我："你接触尸体不害怕吗？"我每次的答案都不一样，只有小孩子问我的时候，我才这样回答。

我做大了没有师父教，我爸就是我的师父，从小到大在白事上光看就看会了。这里要说一点，做大了这行，有点像相声界的论资排辈，所以师父是谁很重要。办白事对于谁家都是一件天大的事儿，丝毫马虎不得，所以师父的人品和口碑尤其重要。

七十年代爷爷和爸爸是方圆百里最好的大了师傅，原因有两个，一是我家免费，二是我们家把去世的人当成自家至亲的人，像产科护士对待刚出生的小婴儿，给予逝者全部的照顾、体面和尊重。

我想先说说我爸，在我童年的记忆里，我爸是个像谜一样的男人。他平时是个"三棍子打不出个屁"的老实人，一旦邻居谁家有人去世，在白事的三天时间，我爸就像孙悟空摇身一变，变成了我心目中的大英雄，号令所有白事中的家属。

我经常看到我爸大手一挥："孝子跪！好，开始哭！好，停止哭！"

跪在地上的人们都穿着一身厚重的白色孝服，一跪一大片。我爸站在最前面，指哪儿哭哪儿，我长大以后只见过交响乐的指挥，有这样的神奇能力。

2

1998年2月25日，天津市第十二届人民代表大会常务委员会第四十次会议通过了《天津殡葬管理条例》，条例特别规定"革除丧葬陋俗，提倡文明、节俭办丧事"。

天津的丧葬文化变成了"丧葬文明"，虽然去世的人家还可以在门口摆放花圈，搭建绿色的灵棚，但出殡时不能燃放鞭炮，送路的纸活儿变成了微型模型。纸做的马比我的手掌大不了多少，以前需要两个成年男人才能搬运的白马，现在一个孩子一只手就可以轻松拿起。

三天的白事没有了我儿时的人来人往，如同赶大集一般的热闹和繁华。没错，在我眼中，过去的白事就是"热闹繁华"，临近百岁的老人去世，天津有"老喜丧"的喜庆仪式。所有吊唁的家属，几世同堂热热闹闹。大家聚在一起欢送老寿星的离去，也感谢老人一辈子的付出和辛苦，同时希望自己可以得到去世长辈的祝福和保佑，期待获得同样的长寿和善终。一场充满仪式感的白事与一场盛大婚礼的意义没什么不同，都是让参加的人们看到希望，学会珍惜。

根据我的观察，如果一场白事办得圆满，会在逝者家属的眼神里，看到一种清澈，那种清澈像是被死亡洗涤过。倾听他们在守灵或烧纸钱时，与去世亲人的交谈就知道："到了那边别舍不得吃，少喝酒，喜欢买什么就买。"最后总不忘说上一句："请您在天上保佑我们，让我们一家人平平安安，多挣点钱……"好像去世的人从一个普通的人变成了天上最亲的神，我猜因为有了自己家神仙的眷顾，心里莫名会变得很踏实。说死亡是神圣的，我猜大概就是这个意思。

过去的老例，现在渐渐消失了。有一次聊天我问我爸："为什么以前遗体的腿要用麻绳捆起来？现在怎么没有啦？"

我爸叹口气，很久才回答："那都是传统丧葬习俗，捆起腿是防止诈尸。现在的人活着幸福，吃喝不愁，死了也老老实实不会诈尸。现在人一走，趁着热乎气，马上放进冰棺里，好像怕坏了一样，冰棺摆在屋子里正中间，像个冷冻的大罐头，所以去世的人没必要再捆得跟个粽子似的喽……"

从我爸的话里，我听出了哀伤。老一辈大了，说起四十年前的殡葬习俗充满怀念。丧葬习俗的变迁，最让我爸伤心的不是遗体，而是白事上人情变得淡薄。从前邻居去世，大家都来帮忙，一条胡同像是一家人。现在小区高层的电梯还有个"遗体不能乘坐电梯"的不成文规定，需要背尸工一层一层地背下去。路过每家每户，会看到门口把手上，已经系上一条大红色的布条。

可无论时代怎么变化，天津的大了师傅们不会变。

大了师傅和天津出租车司机师傅差不多，热情真诚喜欢讲段子。不过放心，在白事中该庄重的时候，我们也绝不会搞笑。

大了始终是为活人服务的，师傅们深知自己的责任，一个大了要有多种身份于一身的能力，义务心理辅导师，张嘴就来的脱口秀演员，急救员，甚至是家庭调解员。

虽然每个师傅性格不同，但穿着上，四十多年基本没变化。不管什么季节，大了们全是一身黑色或深色衣裤，不戴口罩手套。以前一个人没什么，现在一个团队几个师傅站成一排，就很像黑帮电影的社会人员。

3

天津至今还保留着逝者从家出发去火葬场火化遗体的习俗。很多人好奇，大了师傅来到逝者家，最开始是如何与逝者家属沟通的？

"大了您来啦？"逝者家属点头，但绝对不会与我们握手。

"请节哀顺变。"大了低头微微鞠躬，客气但不能表现得过于热情。微笑是严令禁止的。我认识的一位新手师弟，就因为一进门紧张，习惯点头哈腰笑容满面，被逝去老人的女儿轰了出去。

打过招呼后，大了会跟在家属身后，与临终或已经离世的人见面。没错，我们只需要确认过身份便开始净身入殓。入殓前大了会鞠躬和逝者聊上几句，亲切程度好像我们是好久没见的老友。

我爸会用他喝醉酒才有的温柔语气，像哄小孩子睡觉一般说："这辈子不容易吧？这下好啦，都放下好好歇歇，我是大了，给您帮忙的，您呢配合着我点，咱们干干净净，穿得板板正正地走……"

大多数人去世都很安详，只是一个人安静地躺在床上沉睡，在睡眠中没有了呼吸。我只见过几次回光返照的情况，他们睁开眼坐起来，思维清晰说话清楚，或交代后事，或提出想吃的食物。

有一位老大爷让我印象深刻，他在老伴的耳边说了存折藏在哪里，密码多少。最后说了句："钱都自己花，别给孩子们，这辈子辛苦你啦……"说完没等大娘哭出声，人已经走了。当时我在现场，看得眼圈发红。

人一走，有的家属会对家人的遗体很惧怕，看到大了，他们才会消除大部分的恐惧心理。大了在一场白事中的作用很复杂，准确定位应该是一颗定心丸。

逝者家属会对大了毕恭毕敬，好像大了师傅不是一个人，身后站着阎王爷、黑白无常和众多小鬼儿。以前听人吹牛说"我上面有人"，不用吹牛，换成大了应该就是"我背后有人"。

以前听到一句话，用在大了身上很合适：有大了，得勇生。大了安抚的永远是活着的人，我们会用一场白事仪式告诉人们：走的人已走，我们还要带着失去亲人的悲伤和思念，继续勇敢地生活。

天津所有寿衣店门口，都会贴一张"白事一条龙"的广告语，后面是一串电话号码。这串号码会二十四小时待机，打过去铃响不会超过三声，保准有师傅接听。放下电话到大了赶到的时间之快让人吃惊，120加119也不过如此。很多大了晚上睡觉是不脱衣服的，说他们是"救死消防员"或是"敢死队"一点不过。

我喜欢怀旧和总结，对比八十年代没有电话，大半夜敲门请大了的次数，现在大了半夜电话响的频率越来越高，前半夜接到两个电话都不为奇。

病逝的很少，基本是车祸。像车祸这种特别惨烈的特殊死亡，会有特殊的大了处理。一位很年轻的大了，三十多岁，严格说是名兼职大了，他的主要工作是夜里开出租。在他的后备厢常年放着一把折叠的铁锹，他和我说："你是不知道，遇到被撞得稀碎的，有时还是铁锹最好使。"

作为同行我完全理解他话里隐晦的意思，他说的时候带着惋惜："车祸死的基本都是中年男人，一家之主，上有老下有小的。唉……我给他们收尸的时候，心里难受，就问他们：'你说你这么走了，你这一大家子人，可怎么办哟？'"

说完他抽了两口烟："你如果能写，把我和你说的这些都写出来，能劝住一个是一个，也算积德行善不是？"

4

近些年，大了的年龄开始年轻化，二十出头刚走出校门的大了，嘴上还长着一层绒毛。他们主动投身这行，秉持着几千年传下来的殡葬"白事一条龙"的服务，净身穿衣、灵堂布置、遗体告别、灵车接运、火化入盒及骨灰入葬……

90后00后的年轻大了，面临着比七八十年代更多的白事，车祸和跳楼自杀去世的人在逐年增加，癌症逝者越来越多，年龄也越来越年轻。

频繁接触死亡，让他们显得比一般年轻人更成熟沉稳，有的甚至戏称自己是"死侍"。整天与死亡打交道需要的不只是胆量，更多的是慈悲。不管是谁做了几个月大了以后，心态都会发生改变。不是变得更抑郁，相反变得爱笑，活得通透，不会因为一点点小事纠结。

他们和我一样喜欢思考，在白事中会和家属聊天沟通，最爱问："走的这个人，是一个怎样的人啊？"

我爸说："看多了死，确实可以让人懂得怎么活。"

说到我们大了的活法，乐观的天津人基本都能做到，那就是"该吃吃该喝喝，乐和乐和得啦"。

大了们经常聚会聊天，老中青三代大了欢聚一堂举杯畅饮，我的很多白事故事来自于此。听老一辈大了讲起他们年轻时的殡葬记忆，像是和平时期听战争故事。

天津1956年开始推行火葬，家属偷偷把去世的老人埋了，大了去家里劝，经常挨打；拆迁时为了去世老人的一套房产，几家人闹丧打起来，要把冰棺掀开把遗体抬出，大了死死趴在棺材上直到警察赶来；春节前父母车祸抢救无效去世，大了答应孩子妈妈最后的遗言，除夕夜戴着喜羊羊的头套，陪着孩子一起放烟花。

这不是电影，是大了们的工作日常。大了眼中的死亡，不是送一个人离开这个世界，而是帮着一群人渡过死亡这个难关。

在这本书里，我想讲一点不一样的死亡故事。故事从七十年代初开始一直讲到现在，四十多年的时间，我们家三代大了到底办了多少白事，谁也说不清，但这四十年有些白事，是我们想忘也忘不掉的。

我爸跟我说："忘不了就写下来。"所以我就写了这些，等你看完了，可能会觉得白事也好，生死也罢，和吃饭睡觉一样，就是件平常得不能再平常的事儿。

不管大了办过多少白事，对每一位逝者都会印象深刻，时常还会梦到。在梦里去世的人都很和善，像是和我们认识很久的朋友。大了师傅们不信别的，只相信"好人有好报"。

这里记录的人都已经去世，我写的也都是他们的白事故事。

我还记得那一年的春天，大了集体参加了一位老师傅的白事，做了大半生的白事，用他的话说："我早把生死看明白啦，平时都是我送走别人，这次终于轮到你们送我一程，也该让我进棺材里好好休息休息了。到了那边如果遇到我办白事的那些人，我一定要问问："您老对我的服务还满意吗？'"

老大了临终前特意把我们召集在一起嘱托说："这个世界我来过活过开心过，值啦……明年春天你们再来殡仪馆，在通往告别厅的小路上，随手撒上种子，我就知道你们又来了。"

追悼会那天下起了雨，等了两个小时骨灰出来还是热的，和人体的温度一样。我们所有大了打着伞，混合着春天开败的花瓣儿和各种花的种子，撒在火葬场的每个角落。

姥 爷

1

白事大了要经常接触尸体，所以我爸二十八岁了没处过一次对象，甚至没一个姑娘愿意和他相亲，直到那一年遇到我妈。

我妈和我爸是在我姥爷的白事上遇到的。

那年我妈二十六岁，浓眉大眼大脸大手，一条长长的到腰的麻花辫，乌黑锃亮。虽然说我妈皮肤黑了点，但人远看近看都透着一股子李逵的精神气儿。

我爸比我妈大两岁，个头却比我妈矬几寸，几寸有多少我不清楚，但他们两个人站在一起，我爸的头顶正好到我妈的脑门子。我爸是个枣核身材，身子两头细，中间宽。

中间宽就是肩膀宽，屁股很大两边有肉，一辈子如此。我爷爷说："这是做'大了'最好的身材，一把就能把死人抱住。"

小时候听爷爷说这话的时候，我还不知道这是在夸奖我爸，当时我还不明白，我爸为什么要一把抱住死人，因为小时候我爸也经常一把抱住我。

那时姥爷肝腹水，一直在医院住院，人快要不行的时候，小声喊我妈，说话已经不是很清楚，我妈把耳朵放在姥爷的嘴边上，姥爷哆哆嗦嗦地说："闺女……我要不行了，送我回家吧……"

我妈借了一辆手推车，又找了两个人抬着姥爷放到车上，她一个人推着姥爷走了一个多小时回到家。一边走一边哭，到家的时候，姥爷手脚还是暖和的，人已经没气了。

后来我经历的白事多了，理解了妈妈当时的坚强。我在白事上看到过很多跟妈妈一样的女人。她们在痛哭一场后，还要背负白事重要的使命，继续忙碌为吊唁的人做饭，处理白事上的一切大事小情。

白事上女性家属的身份，被神奇地分割为逝者家属和服务者。经常在她们洗菜切菜时，一听到"有客到"的叫喊声，会马上慌张地放下手里的菜刀铲子，甚至手都顾不上擦干，小跑着磕头谢客或陪着号啕大哭。

妈妈说她当时不是不怕，而是和害怕比起来，姥爷去世的悲伤战胜了所有恐惧。她觉得姥爷并没有走远，而是静静站在人们都看不到的地方，等待着一家人把自己送走。

我爸我妈都住在林家堡胡同，当时的胡同有点像老鼠洞，一个细长如老鼠尾巴的窄胡同，走进去是一排排低矮的房子，推开任意一扇大门，门里都是一个小院儿。

院子不大，里面有几间平房，也都是连着的，进门是个小厅，对着门的位置一般放着一张吃饭的桌子，门口是做饭用的大灶台，两边屋子里住人。

姥爷是肝腹水，肚子大得比七八个月的孕妇还大，姥爷上身穿着妈妈过年给织的灰色毛衣，下身只穿了一条宽大的大秋裤，盖着一条家里的花被子。

手推车也不大，顾头就顾不了脚，姥爷穿着袜子的两只脚耷拉在车外面，眼睛睁着，应该是有所眷恋，没有舍得闭上。

把姥爷推进院子，我妈跪在车旁边哭，当时天刚黑，院子里也没有灯，我妈妈嗓门大，一嗓子接着一嗓子喊："爸爸！爸爸啊……妈！妈您快出来啊，我爸他走啦！"

姥姥连鞋都没穿，跑出来看见手推车上的姥爷，突然跳着拍着腿地哭。一句话也说不出来，两条腿跳起老高，还没有等脚着地，又继续连着蹦着。

我妈吓坏了，赶紧跑过去想把姥姥按住，不停地安慰："妈！您别这样！我害怕……"。

姥姥突然不蹦也不哭，傻傻地站着，转身进屋爬上炕，用被子蒙住自己的头和身体，安安静静坐着。

只要把被子轻轻撩起来，姥姥就哈哈大笑，笑着笑着眼里又流出眼泪，但还是笑着说："我看不见你爸就没有死！快把被子给我蒙上，我什么都看不见，你爸还活着呢……"

说完一把抢过被子又蒙上，在被子里继续笑。隔着被子听姥姥带着哭腔的大笑，我妈抱着被子里的姥姥，哭得更伤心。

姥姥哭着哭着会把被子打开神秘地说："你爸一会儿回家，一准知道咱们躲在被子里，把被子掀开的时候，我们都装睡，快快！都闭上眼睛！"

正是吃晚饭的时间，隔壁邻居听到我妈家院子很乱，放下饭碗跑过来看，有的甚至还端着饭碗来的。

人群中有人小声寻问："是不是金大爷走啦？"

"走，我们进屋看看。"

就算是今天，我们大了去逝者家，也不会说，谁谁谁于什么时候因为何种原因死亡。

"死"这个字一直以来都是个禁忌，一般我们会说"走"。想想确实"走"这个动词更好一些。"走"虽然是离开，但对于走的那个人，代表着一直往前。就像我们常说的：人走了，但精神还在。

一进屋，邻居们看到姥姥蒙着被子，一会哭一会笑。邻居中刘大伯岁数大有经验，他对着我妈大手一挥喊了一嗓子："去请大了，赶紧去！"

后来我每次看电视剧《西游记》，看到孙悟空大闹天宫，玉皇大帝大喊"去请如来佛祖"那个镜头，总会联想到刘大伯的大手一挥。

"闺女别傻愣着啦，赶紧去请大了，我知道咱胡同后两排就有一个，你等等，我叫上你婶跟你一起去！"

四月的天到了晚上刮起了风，风不大的时候人也感觉不出什么，可风大了以后，风声就好像会哭的小孩儿，在门缝在窗户外面"呜呜"地哭喊着。

我妈说，那天晚上，突然就刮起了大风，她打开院子大门的时候，清清楚楚听见风儿像是会说话的小孩儿，一直说个不停。

2

爷爷就是刘大伯说的"大了"，胡同里没有人知道他到底叫什么，所有人都喊他叫：白事师傅！

爷爷当时五十多岁，很瘦，个子不高，平时穿着和寻常百姓有很大不同，他穿着一个类似道袍的大褂子，穿的裤子都要用长长的蓝布把裤脚捆绑起来，走路利索轻快不带风。头发乌黑，还是长发，除去睡觉，平时都是卷成一个道士似的发髻，发髻上横插着一根黑色的扁木条，比筷子长，比勺子把宽。

听胡同里的老人说，爷爷会武功，并且武功高强，真假无从考证。我小时候印象特别深的是爷爷的眼睛，一到夜里跟猫的眼睛一样，可以发出两道光。

姥爷去世，我妈去请"大了"，路上，刘大伯两口子在伸手不见五指的路上教导她说："你一会儿见了'大了'，要先下跪，用手扶着地，你是替你爸祈求人家帮忙，要记得感谢人家'大了'师傅。"

我妈一看见"大了"，心里顿时踏实，觉得找到了亲人，完全忘记刘大伯两口子的话儿，抱住奶奶大哭，一句话也说不出来，还是同去的刘大伯说明了情况。爷爷说话不多，嗓音却很洪亮："别哭了，我们去你家。"

以前几个胡同都会有一两个固定的"大了"，一条胡同相当于现在的三四个小区，住着好几百号的人，爷爷就是那一片唯一被大家认可的"大了"师傅。

爷爷的爸爸和爷爷也都是"大了"，后来是我爸，又到了我这一代，我们家整整做了五代。

"大了"没有舍近求远的道理，都是在自家门口找一位熟悉信得过的师傅。其实"大了"这一行也是有口碑的，尤其当时还是七十年代初，整个天津卫也没有几家寿衣店。

做"大了"的师傅，平时也都是工人木匠铁匠老中医，谁家死了人，才换成"大了"的身份，帮人家办白事。那个年代做"大了"是免费的，邻居之间相互帮忙。有的"大了"就是热心肠，有的是为了行善，给后辈积德。

从爷爷家走到姥爷家几分钟的路程，我妈知道不能大哭，只是不出声地哭，偷偷擦眼泪。

爷爷走在前面对我妈说："我认识你爸，听我一句劝，你爸既然已经走了，我们就让他安安心心地走，你哭死他也是活不过来的，还是要节哀顺变。你放心！我们一起把你爸体面地送走，以后的日子还要过，你妈还需要你照顾。"

在外人看来在一场白事中，大了师傅应该照顾的人只有一个，虽然这个人已经失去生命。但其实我们照顾最多的还是活着的人。一个大了师傅，等于半个心理医生。安慰逝者家属的话都差不多，生死大道理谁都懂，但从爷爷嘴里说出来就更有说服力。或许大家觉得每天和死亡打交道的大了，对生死的体会会更透彻吧……

在我妈去请"大了"的时候，家里来了更多的邻居，姥姥可把邻居折腾得够呛，一会儿让所有人都上炕，每个人都蒙上被子；一会儿又光着脚招呼大家喝水，让每个人都围在饭桌旁边。

她自己却走到院子里，要把已经去世的姥爷推进屋，还笑眯眯地跟邻居解释说："外面冷，老金不能睡在外面，要睡进屋睡……"把屋子里胆小的邻居吓得都抱在一起，站在桌子最靠墙的一角儿，还有两三个年纪大一些见过世面的大娘，企图阻止。在院子里几个胆子大的男人也不知道怎么办才好，守着去世的姥爷。直到我妈带着"大了"进来，所有人都松了一口气。

爷爷不愧是有经验的白事师傅，看了姥爷一眼，又进屋看了看神志不清的我姥姥，从口袋里掏出一个白色的纸包，跟我妈说："这是安眠药，先给你妈吃一片，让她睡一会儿，睡醒了以后看情况再说，不行送医院。"接着招呼大姐大婶大娘几位邻居聚拢在他跟前：

"我说大伙儿都先回吧！都累了一天啦，我是大了，这儿呢，就交给我！回家！大家赶紧回家吧……想吊唁的明天再来。我替老金谢谢大家！"

说完，他伸手指了指在院子里看护姥爷遗体的几个男人："哥几个你们别走，都留下来帮忙。"

大了进屋还没五分钟，一切都变得井然有序。姥姥吃了药，热心的邻居大婶大妈们都散光了，留下来的男人都神色肃穆，静静等待大了的指挥。

这就是大了在一场白事中的作用：绝对的权威和必须的服从！

3

爷爷看了看姥爷的脸，伸手摸了摸姥爷的手脚和胸口，把盖着的花被子轻轻掀开，又继续掀开毛衣，把姥爷满是腹水的肚子看了又看，摸了又摸，思考了一会儿才说："我虽然不是大夫，但也知道你爸这肚子里都是水。我马上要给你爸净身换寿衣，看你妈这个情况，有事儿只能找你商量！你去给我准备一瓶白酒，几块干净的纱布，没有纱布，干净的毛巾也可以，先去准备这些，寿衣待会儿再说吧……"

我妈点头转身去准备，一眼看到我爸，我爸正在拆卸大门，我妈忙问："师傅，您这是干吗？"

我爸天生就是个慢性子，就是家里着火他也会慢悠悠地问："哦，着火啦？里间外间啊？"

我妈脾气相反，那叫一个急！瞪眼看我爸半天也不说话，我妈黑脸变成红脸："问你呢，大了师傅！你是办白事还拆是房子啊？"

"给你家拆房子？我可没有那工夫，我不把大门卸下来，你说，你要把你爸放哪里？总不能放在手推车上吧？我说你该干吗干吗去吧，你请我们当大了，这些就都交给我们，放心忙你的去。"

几句话把我妈说的是干瞪眼。后来我妈和我爸结婚，有次我妈特意提起这件事，我爸才有耐心地解释为什么要把死者放在床板上，一是怕死去的人会流血拉尿弄脏了炕，最主要是怕死去的那个人"背着炕走"，对死者不好。

几分钟以后，当我妈拿来两瓶白酒和干净毛巾，我爸已经把一扇大门卸下来了。别看我爸平时慢，给人家办白事的时候就好像换了一个人，又果断又麻利，比消防员急救大夫都不差。

大门卸下来，来不及擦洗干净，我爸进屋，伸手拽下炕上的大床单，三下两下用床单把门板包裹好，把家里吃饭的饭桌推到另一间屋子里，剩下四把椅子，两把两把对着摆成一排，再把门板放在椅子上。怕门板不结实不平稳，我爸又躺在床板上试了试，觉得可以了，才对着爷爷轻轻喊了一声："爸，可以啦。"

爷爷不愧是整条胡同最厉害的大神级大了，工作起来有条不紊，乱中有序。我爸搭床板的时候，他让四个青壮年男人每个人死死抓住姥爷盖着的花被子的一角，爷爷和另外两个看着力气更大的壮士，把姥爷轻轻抬到被子上，再那么一裹，就成了一套完美的煎饼果子，绝了！

爷爷喊了一声："起！走！"几个大男人轻松往肩上一放，看着一点也不费劲。走了几步，走到我爸搭好的床板前，"好，一起——放！"

姥爷已经平平整整安放到了床板上，打开裹着姥爷的被子，姥爷就像一个婴儿，露出了脸。

那份专业和庄严，把我妈和所有人都看傻了。

给姥爷净身这件事是由我爸做的，在开始之前，爷爷和已经去世的姥爷有一次简短的沟通。

大了从来不会把死去的人当成一具没有生命的尸

体，在大了眼里，死和睡差不多。一个人不管是醒着还是睡着，这个人还是这个人，没有任何改变，所以死去和睡着也是一样的。在大了眼里，眼前没有呼吸冰冷僵硬的身体，首先是个人，只不过是一个要出远门，永远离开这个人间的人。

"老哥哥，我们都来送你啦！我知道，你是个要脸要面儿的人，想干干净净体面地走，我们这都是来帮你完成心愿的，老哥，你可要配合着我们啊……这个孩子是我儿子，你以前也见过的，由他来帮你净身，一会儿我们大伙儿再帮你换上寿衣。你放心，我们一定让你走得风风光光的！"

爷爷站在姥爷面前，对着姥爷的脸低着头说，好像姥爷还活着能听见一样。

我爸深深给姥爷鞠了一躬，拿着剪刀沿着一条裤腿一直剪到裤腰，接着是另一条裤腿，两条裤腿都剪开后放下剪刀，把被子盖在姥爷的下身，蹲下身子，伸出左胳膊，轻轻放在姥爷腰的位置，不是很使劲地托起，右手迅速准确地拽出被剪开的秋裤，好像是变魔术似的，一眨眼的时间秋裤就出来了，被子好像从来没有动过依旧盖在姥爷的身上。

接着是剪开上身的毛衣和两条袖子，也是从下往上剪开，剪开后盖好被子，从身下取出来。我爸简直就是在表演，没有半点多余的动作，好像是一套体操表演，又好像是打了一套拳。

爷爷打开提前让我妈准备好的两瓶白酒，我爸伸出双手，爷爷倒了点白酒在他双手的手心里，我爸用酒反复搓洗直到双手通红，然后才接过酒瓶和毛巾，把白酒倒在毛巾上。

从脸开始擦拭，脸、脖子、手、上身、下身，一直到脚，擦到后背的时候，我爸也是轻轻托起，用毛巾一点一点地擦干净。

身体全部擦洗完毕，一瓶酒要剩下最后一口，倒在地上，去世的无论男女都一样。好像是用酒做信号，告诉大地："我们要把这个人交给你了！请你喝这酒，麻烦你以后多照顾。"

整个仪式太庄重太安静，没有一个人说话，可能大家不是不敢哭而是忘记了哭。

哭，这个大脑设定好用来表示伤心的机关，在庄重的净身仪式面前也失去效用，估计大脑也被镇得一片空白，只用眼睛静静地看着。凭我的观察，大脑一旦被净身仪式镇住，嘴基本上无法张开说话，好像是被集体催眠了，一动不动的。

其实用酒精擦拭全身的过程，与其说是一个仪式，还不如说是一个风俗和习惯，好像过年除夕的时候，所有人都要洗澡换上新衣服。

我总想，去世的人净身后换上寿衣，想必是去另一个地方另一个世界过年，所以传统寿衣都会选择颜色艳丽的图案，那必须要盛装出席。

4

姥姥吃完安眠药睡着了，我妈让家里的一位亲戚跑着去给姥爷的姐姐报丧，我妈后来和我说："穿寿衣这么大的一件事，必须要长辈做主。我一个没有结过婚的大姑娘哪能决定……"

我爸用剩下的一瓶酒在院子里洗了洗手和胳膊，把净身用的毛巾折叠好，放在院子窗台一个不起眼的角儿上，找到我妈说："这毛巾不要随便扔了，我一会儿在河边找个干净的地方埋了，你放心！"

我妈说她当时就跟一只没头苍蝇似的，在三间屋子里乱飞，坐不住也站不住，不知道该干什么也不知道不该干什么，这摸摸那看看，整个人神神道道的。突然听到我爸喊住她说"你放心"的时候，好像一下子找到了姥爷还活着的那种安全感，可能就是那一刻我妈决定要嫁给我爸的。

"寿衣呢？准备好了吗？"爷爷问我妈。

我妈眨巴眨巴眼说："大了师傅，您再等等，穿寿衣这么大的事儿，我一个人哪能做主，您再等等，再等等……"

"等？再等你爸可都僵啦！还有，你看看你爸这个肚子，恐怕一般的寿衣他穿不进去，就是穿自己准备的衣服，我想也要敞着怀儿。"爷爷可是个有经验的大了，耽误的时间越久，尸体就越僵硬。

我妈开始哭起来："我知道，我知道……"她开始后悔为什么在姥爷生病的时候，没有想到这一步。

等大姑赶到的时候，爷爷他们已经在院子里等了二十分钟，姥爷的姐姐人还没有进院子，就开始哭喊，一路哭喊着进了屋。进屋一屁股坐在地上。

她用手拍着地号叫："我的兄弟啊……你怎么就丢下我们，自己一走了之啦！"

她这一号叫，把我姥姥叫醒啦，姥姥不顾人拦着，穿上鞋下了地，看见床板上躺着姥爷，地上坐着姥爷的姐姐大哭大叫，姥姥傻傻地站着看着。

我妈和好几个邻居大婶大娘都站在旁边安慰，一个大娘上下抚摸着姥姥的后背说："人死不能复生，别太伤心难过，想哭啊，就哭两声，解解心疼就完啦！听见没，两口子总有一个要先走的！你可要往开处想啊！"

另一个大娘也跟着说："死鬼不可人疼的，自己去那边找饭辙去啦！走就让他走，阎王爷把他叫走，谁也叫不回来。走了省得再受罪，哭也哭不回来。"

姥姥转过头问我妈："我这是在做梦吗？你爸真就丢下我们……走啦？"

我妈一句话也说不出来，不停地点头，捂着嘴哭。她走到姥姥面前，扶着姥姥的肩膀，轻轻摇晃着求着姥姥："妈，这不是做梦，您快醒醒……醒醒，醒醒看我爸这要穿什么衣服呀！"

姥姥突然很慢地伸出一只手给我妈擦眼泪，一边擦一边说："哭啥，你爸看着咱们呢，傻丫头听话，别哭，你看你爸都笑着咧，他……走啦！走了就不难受了吧？不难受就好，哭啥哭？你看你爸笑着咧！"

姥姥看着躺在床板上的姥爷，跪下摸着姥爷的头发和脸，不哭也不闹，用哄小孩的语气说："以后做好吃的，你爱吃的，一定给你盛一碗，这个家你什么时候想回就回……"

说完，姥姥站起来，摇摇晃晃走到大立柜前面，自言自语地说："你爸这次住院临走的时候跟我说，这是他自己准备好的，死了穿的。你看看，是要这个吗？"

不知道人一老是不是就会想到死，好像人一饿就想到吃饭一样，姥爷已经为死做好了准备，这是我妈没有想到的。

一个用一张破旧大床单包好的包袱，包袱口用两个死扣严严实实地系着。我妈把包袱直接拿给我爷爷看。

有裤衩背心各一件，秋裤秋衣衬衣，一套蓝色的中山服，一件灰色的风衣，一双黑色的袜子和布鞋，最下面是一张黑白照片，一张纸和五块钱。

我妈说："大了师傅，您看这些做寿衣可以吗？"

爷爷把衣服一件一件认真打开说："死者是不穿内衣内裤的，穿的寿衣必须是单数，还有衣服上所有的扣子都要剪下来，'扣子扣子'，就是把后辈人留下来，衣服的领子也要撕开一个小口子，只要衣服带'子'的地方都要撕开，意思和'扣子'是一样的。最后……最后也是最难办的，你看你爸的肚子，这些寿衣除了风衣，哪一件能穿进去？"

"改！现在马上就改！我爸平时穿的衣服也都是我们自己做的，好改的，请您给我们点时间，肯定能改好！"我妈坚定地说。

我妈的坚决说服了爷爷，大婶大妈齐上阵，最后就连我爸也加入修改寿衣的队伍之中，主要负责拆衣服，可他拆得太快，以至于把大婶大娘们重新缝好的衣服又拆了一遍。

5

把寿衣改好已经深夜，还好邻居们都热心，好像是一家人。

爷爷看着改好的寿衣终于点点头，把我妈喊过来："你先把上身的衣服一件一件穿好，穿好后一起脱下来给我，还有记住！不要把眼泪掉在寿衣上，更不能掉在你爸的身体上！千万记住！要不对你爸不好……"

所有亲友邻居都安静看着，和净身的仪式一样，大家都充满了紧张和敬畏。

我妈把几件衣服穿好，递给爷爷，爷爷拿着衣服对着姥爷说："老哥哥，我们现在穿上衣啊……亲人们都来看你啦，现在都在你身边呢，男儿有泪不轻弹，心里有委屈看见亲人，可以流泪也可以流血啊……都过去啦！这辈子的苦都过去啦……现在我们穿袖子，好！抬身子，穿另一只袖子，好好！"

抬起姥爷上身的那一刻，姥爷的嘴角流出了几滴血，我爸赶紧用提前准备好的布擦干净。

我妈说，姥爷流血的时候，她的心猛地沉了一下，眼泪流个不停，那是姥爷最后的委屈，见到亲人才流出的，好像我们所有的委屈只会对自己的亲人说一样。

姥爷完全僵硬，手、胳膊、后背、全身，所有的肉和皮肤突然之间都变成了骨头，直直的不能弯曲。衣服从后背一点点掏过来，能感觉到全身都是直挺挺的。

这样才把所有的衣服，让孝子一起穿好，活人不经折腾，死人更不经折腾。"大了就是死者的保护神，会像保护自己的身体一样，保护死者。"爷爷说这是我们家做大了的家训。

在爷爷的指挥下，加上六七位胆大的权权大爷的帮助，姥爷终于穿好了寿衣。爷爷对我妈说："让家里人都出来看看，看看穿得平整不？"

只是过了几个小时，姥姥一下子就老了十几岁，姥姥和姥爷的姐姐，两个年老的女人被两位同样年龄的女人搀扶着，哆嗦着看着穿戴整齐的姥爷。

爷爷这个合格的大了，在一边反复提醒着："不要把眼泪落在已经去世的人身上！也不要把眼泪落在去世之人的衣服上！"

她们满脸是泪，又怕眼泪掉在身上衣服上，都站得远远的。穿戴好寿衣的姥爷很体面，只是肚子还是很大，躺在床板上显得很孤单。

自从姥姥接受姥爷已经死了的事实后，整个人弯曲着，像只大虾米弓着腰。她远远看着姥爷已经完全僵硬的脸说："好，好啊 …… 活着的时候如果天天也穿成这样多好，多精神呀！"

姥爷的姐姐开始还很冲动，想直接冲过去，被我爸一把拦下来，她伸出一只手大哭着喊着说："你就这么死啦？你找我借的看病钱，你还没有还给我呢！你不能就这样死 ……"

爷爷觉得大家已经都看完，把一块白色的蒙脸布蒙在姥爷的脸上，又在姥爷的左手放上一个纸叠的金元宝，右手是银元宝，最后用天蓝色八仙过海图案的寿单把整个身体盖好。

姥爷写给我妈的信，压在寿衣最下面，那是姥爷写给我妈的全部嘱托：

孩子，我知道这次我去医院恐怕是凶多吉少，我知道我病得很严重，不知道还能不能活着回家，有些话怕来不及说，现在写下来。

欠你大姑五百块钱用于我看病，你一定想办法还上。爸爸只剩下五块钱用于给我办白事，我知道肯定不够。寿衣我自己已经准备好，不用再花钱。

我这一走，你妈怕是接受不了，你要多照顾。她胃不好，你要提醒她喝温水。你妈和我过了这一辈子，吃了不少苦，从来没有享过什么福……我病了以后，半夜经常睡不着，想起很多从前的事情，越想越觉得对不住你们，没有让你们跟我过上好日子。

我走了，你就是家里的顶梁柱，爸爸相信你一定可以照顾好这个家。

辛苦你了！

爸爸走了……

6

我妈说："欠大姑的钱，直到我结婚才还上。"

每次爸妈都讲到这里没有了下文，我像一个睡觉前听了半截故事的小孩儿，好奇地问："接下来呢？你们送路了没有？ 火化车是什么样子的？ 还有，我姥爷的大肚子最后有没有爆开？"

说真心话，这一系列的问题，我最关心的还是最后一个。作为死者家属的我妈，对我的追问特别不耐烦。

我爸平时几乎不怎么说话，只有在喝酒的时候话多，好像打开闸门的水，关都关不住，在我爸喝高的情况下，我了解了关于我姥爷葬礼后面的部分情况。

都说酒话不可信，可我爸的酒话是可信的。他闷了一大口酒，又长长出了一口气，接着想了那么一小会儿才说："你是不知道你姥爷那肚子，那薄的，真是比饺子皮还薄，就像 …… 馄饨皮，你看见过煮熟的馄饨吗？就跟那一模一样！ 感觉轻轻一碰，你姥爷肚子就会裂开一个大口子，水能流他个几大盆 ……"

听着瘆得慌，我下意识咽了口唾沫，心里多少有点不舒服，调整了一下屁股的姿势问道："爸，那后来呢？葬礼后面发生了什么？"

"后来啊？ 后来就是一群老娘们开始哭，白事都差不多……"

我看我爸进入了他的记忆，开始自言自语："后来人越来越多，我让你妈去买了烧纸，找了个洗脸的瓷盆，先给你姥爷烧点纸钱。毕竟人都死了，如果人死了真有另外一个世界，那你姥爷到了一个新地方，人生地不熟的，不需要点钱啊？"

我爸说还是他们那个年代的人心肠热，邻居间都好像是一家人似的，他说需要一个上供的小桌子，几分钟之内，邻居们就从自己家搬来大大小小长长短短新的旧的七八个桌子。挑了一个最中意的，放在姥爷头前两步的地方，在桌子两边各点上一支白蜡，邻居们纷纷又从家里拿了两个馒头和几个苹果。

白事上总有嗓门大又热心的饿着肚子的男人主动站出来要求"喊灵"，也是不取分文，只图饭要管饱，饭好坏不挑。

主动要求给姥爷"喊灵"的叫老九，因为他在家里排行老九，所以总是吃不饱，不仅吃不饱，他家里连媳妇也娶不起。

"喊灵"的站在大门口，只要看到有人来吊丧，就好像走家串户吆喝的小贩，看到有人经过身边，老九大声喊："有客到！"最后一个"到"字，要最响亮并且声音拉长。

正在屋子里的我妈，只要听到喊声，会立即跪在姥爷的遗体右侧，等待着吊丧的人们站在供桌前。

老九看该跪的跪好，该站的站好，才会继续大声喊："鞠躬！"鞠躬完继续喊："家属还礼！"

跪在地上的我妈磕头还礼。如果来的是哭丧的女人，老九是不喊"有客到"的，就算喊了，声音也会淹没在哭丧女人的哭喊声里。

姥爷去世的时候人们都不戴孝，只在胳膊上戴一个黑色的袖章，男左女右。送路也特别简单，没有轿子大马，就连花圈都没有，只是烧了点烧纸。参加送路的人都是邻居，人多，哭的人不多。

只有我妈哭得最伤心，姥姥一直在睡觉，我妈叹口气："你姥姥是真睡着了，有时呼噜声都大过哭声，你爷爷给的那几片睡觉的药，她都给吃啦！"

出殡那天，我妈说她差点疯了，虽然她伪装得很好，没有被任何人看出来，但她最后差点吐了姥爷一身。

这件事情发生在火化车上，那个时候的火化车极其简单，应该是一辆面包车改造的，死人和活人要待在一起。

姥爷的大肚子到后来越来越大，远远看去好像一个气球人。当人们小心翼翼把姥爷放进火化车的时候，我妈已经不能正常呼吸，她不怕死去姥爷的遗体，她怕在火化车里姥爷的肚子会爆开，害怕肚子爆开以后，肚子肠子里的汤汤水水，会如同烟花一般四处炸开。

我妈满脑子想的是在车开起来不久，她的头上身上都会挂满一截一截粉色的肠子。想象得疯狂而具体，几乎变得不再是她的想象，而是注定要发生的。

还没到火葬场，我妈就吐了，据说还没少吐，吐得火化车里全都是，差一点吐姥爷身上。最后人家火葬场工作人员都不乐意，非让我妈打扫干净。

打扫火化车的事情，是我爸和我妈一起干的，我猜想，他们爱情的火花，就是在那个时候开始的。

虾皮儿妈

1

这么多去世的老人，我为什么偏偏要说虾皮儿妈呢？主要原因是虾皮儿妈死的那天赶巧了，正好是我爸和我妈结婚的大喜日子，也就是说，每年他们的结婚纪念日，就是虾皮儿妈的忌日。

虾皮儿大名叫葛家苗，因为人长得太瘦太干巴，和一只晒干的虾皮儿一样，人们就送了"虾皮儿"这个外号，小孩儿不在乎，觉得叫什么都行，虾皮儿的妈妈，大家也就习惯叫她"虾皮儿妈"，就连虾皮儿妈自己，有时也会说："我虾皮儿妈什么时候说话不算话过？"

虾皮儿和我爸是光着屁股一起长大的发小，整条胡同，没有几个小朋友敢和我爸玩。孩子们的妈妈都觉得我爸阴气太重，活脱脱一个阴间索命的小鬼儿形象。

整条胡同，吓唬孩子不用大灰狼，我爷和我爸的恐怖程度就好像是一只活灵活现的大灰狼："再哭再哭！三喜子他爸爸来抓你啦！"又或者："快闭上眼！睡觉！三喜子和他爸爸就在门外面站着呢！"

平时年轻的妈妈们喜欢围坐在一起，织着毛衣毛裤乱嚼舌根子，老娘们不喝酒，好这口儿。有一次她们说着说到了我爸：

"昨天下午我看见三喜子又跟着他爸去办白事了，简直就是一个小大了！他爸给死人穿衣服，你说说，他才多大也跟着扶着胳膊抱着脑袋的，多吓人啊！"一个妈妈说。

"可不嘛，那天我儿子和三喜子撒尿和泥玩，我看见拉起大刚就往家走。回家照着屁股打了好几巴掌！告诉他以后可不许和大了家的儿子玩！"另一个妈妈跟着说。

每个妈妈都重重点头的时候，只有虾皮儿妈笑呵呵地说:"瞧你们说的,都是孩子,知道什么生啊死啊的,我看三喜这孩子挺好,知道他爹做大了不容易,能帮把手就帮把手。"

以后妈妈们再说三喜子不好的话儿,就不同虾皮儿妈说了,只是孩子们也都不和虾皮儿一起玩。这是我妈告诉我的,因为年轻妈妈们说这些话的时候,我姥姥也在其中跟着一个劲地点头,我妈坐在小板凳上也学着姥姥点头。

我妈说她结婚的前一天夜里,下了整整一夜的暴雨,到了第二天结婚的日子,胡同里的积水都没过脚脖子,可大雨还在一个劲儿地下。我妈把大红缎子做的新衣服脱下来,换上旧的,坐在床上等接亲的人上门,等到十一点多也没有人来。

我姥姥有点着急:"怎么还不来? 结婚这么大的日子! 我看三喜子就是个肉蛋子儿(性子慢的意思)一个!"我妈因为紧张兴奋,脸变成红黑闪着光,笑着说:"妈! 他就那脾气! 您以前不是说那叫'稳重'嘛? 这么大的雨，也没有两步，我看啊 …… 咱们别等着接亲的啦，我自己走过去算了！"接着我妈开始在床底下翻找："我穿爸的大雨鞋去，也就是几步道的事儿。"

我妈给自己头上戴上一朵大喜字，披上一件大雨衣，穿上姥爷的大雨鞋，因为感觉和平时串门子没有什么两样，所以临出门的时候也和往常一样，什么话也没有说。两只手提拉着两只高高卷起的裤腿，一小步一小步蹚着水，头都不回地走了。

我妈说五分钟的路，她走了二十多分钟，因为是土路，下雨又滑，加上姥爷的雨鞋太大，在路上连摔了两次跤，所以到了我爸家显得特别狼狈，跟新出炉的兵马俑一个样，全身上下脸上头发上都是泥。我妈一进婆家的院子，跟我爸正好四目相对，二人都有点蒙。我妈泥人张一般自然不用说，样子一定很出人意料，可我爸也好看不到哪儿去，也穿着一件破雨衣，手里拿着一个土簸箕，正在院子里淘水。

我妈突然有点委屈，想大哭一场。我爸看了她一眼，只吃惊了一眼的工夫，然后轻轻说了一句："你来啦？"就又低着头继续淘水。我妈把眼睛里的眼泪生生又给憋回去，一想："来都来啦，还是进屋吧……"她伸出两只手抹了抹雨衣上的泥，又大口吸了一口气，默默走进屋里。

我妈自己默默走进婆婆家屋子的时候，虾皮儿妈还没有死，十一点多的时候，她正提着篮子去副食店买菜。平时她都是九点多去，但因为那天一直下雨，虾皮儿妈就想等等，等雨停了再去，可这雨等到十一点多还是越下越大。

那天是星期天，按照习惯，虾皮儿爸中午要喝上二两酒，然后好好睡一觉。虾皮儿爸是小学的数学老师，是个戴啤酒瓶眼镜片高度近视的男人，出门买东西这样的事情，他从来不去。

出了胡同，过一条窄马路，就是一条铁道，过了铁道再过一条马路，走两分钟就是副食店。当时的副食店就是现在的超市，但只卖生活必需品，卖肉菜和油盐酱醋，不卖海鲜水果糖果。

虾皮儿妈买了一瓶酒，几个鸡蛋几个土豆，和往常一样往回走。过第一条马路的时候，还很好，过铁道的时候就出事儿了。

铁道平时很少过火车，所以也没有横杆护栏，以前的人们没什么安全意识，更没有人看着。来了火车开得也很慢，也就是骑自行车的速度。火车每次经过都会拉很长时间的喇叭，喇叭声音很大，小时候每次过火车，我都把两个耳朵用手严严实实捂住，可耳朵还是震得生疼。

那天下着大雨，虾皮儿妈又穿着雨衣，或许是那天火车的喇叭不特别响，又或许虾皮儿妈在想什么事儿，脑子走神儿没有听见喇叭声。反正以我后来做大了的经验，这一切就是冥冥中的命中注定，早一分钟晚一分钟都不可能遇到，但可能就是该这个人死。虾皮儿妈就是这样，头被火车头撞了一下，整个身子都完整，就是头，头皮整个被掀开。我爸说："一张头皮软得啊……好像包子皮一样。"

后来有很长一段时间，我一吃包子，我爸这句意味深长的话，就会在我脑子里响，所以每次吃包子我都显得特深沉。因为我会从包子联想起我处理过的那些车祸遗体，虽然我会尽量保持冷静地入殓，我能做到不感同身受，但我做不到麻木习惯，心里会难过好几天。

2

火车停下来，不一会儿的工夫围过来很多人，很快在围观的人群里有人认出了虾皮儿妈，一路小跑去他们家送信。已经快十二点，虾皮儿和他爸两个人饿得实在难受，两个人正在啃干馒头。来给他们送信的人跑得上气不接下气，喘着粗气说："虾皮儿，可了不得了出大事了，你妈……你妈被火车撞啦！你赶紧的，去看看啊！"

那人说完，虾皮儿和他爸两个人你看看我，我看看你，眨巴眨巴眼谁都没有动。虾皮儿爸不愧是人民教师，还不紧不慢地问："你说嘛呢？好么看你跑得这一脑门的汗，别急喝口水慢慢说。"

那个人更着急了，大声喊着说："看您这稳当劲儿！可嘛急死我了，这都嘛时候啦？虾皮儿妈被火车撞死了，真的，现在人还在铁道边上躺着呢……"

虾皮儿拿着馒头就往外跑，跑出胡同口，远远就看见一个人躺在铁道边上，旁边有一个熟悉得不能再熟悉的篮子，那是他们家的蓝白条的篮子，整个胡同只有他们家才有，那是虾皮儿妈自己编的。

等他跑近了，围观的人们都自动闪开，虾皮儿妈的头周围一片血，因为下雨，血显得特别淡，但又顺着雨水流成一条一条的，流向低处的马路。虾皮儿后来和我爸说："我觉得自己是在做梦，用右手悄悄掐左手，一点也不疼，我就对自己说，我就知道这是个梦！所以当时我一滴眼泪也没掉。"

虾皮儿最后记不清是警察先来还是他爸先来的，警察说的什么，他也记不清，只记得他爸对着他大喊："去！赶紧去找三喜子！"

虾皮儿冲进屋子，我爸和我妈正在夫妻对拜，刚鞠第二个躬，虾皮儿惊慌失措地把门撞开，屋子里的主婚人看是虾皮儿，高兴地大声说："虾皮儿来得正好！来得早不如来得巧，来！虾皮儿你按住新郎官的头，这角度才哪儿到哪儿，咱们哥几个得帮帮他才行啊。"

"三喜子！你得帮帮我，我 …… 我妈出去买菜被火车 …… 撞死啦！"虾皮儿冲过去死死抱住我爸，大哭着说，"你快去铁道边！看看怎么办呀！"

我爸看了我爷爷一眼，爷爷点点头，我爸不慌不忙说："虾皮儿别哭了，我们走！"我妈二话不说也跟着一起跑出去，我爸一回头看见我妈："你跟着干吗？"

我妈只说了一句话："嫁鸡随鸡！我看看能帮你点什么 ……"

我爸赶到铁道边，看到虾皮儿妈安静地躺在雨里，脱下褂子把她的头盖上，警察已经走了，火车还停在铁道边上。虾皮儿他爸全身湿透，脸上不知道是泪还是雨，反正全是水，厚厚的眼镜片上也全是水珠儿，也不知道擦。他站得倍儿直，好像铁道边有无数学生在看着他讲课，可事实是铁道边有无数个围观的群众，在看着他这个可怜的老男人，看他失去老婆不知所措的样子。

虾皮儿爸看到我爸，不知道说什么，下意识从口袋里掏出一盒烟，但烟跟他这个人一样已经全都湿透。他的手不停地微微抖动着，想从滴着水的烟盒里抽出一支烟，但哆嗦了半天也没有抽出来。我爸看着难受，把一盒烟拿过来说："葛叔，葛婶不能总在雨里躺着，咱们回家吧……"

虾皮儿和他爸傻了一样，半天不知道我爸说的"葛叔""葛婶"到底说的是谁。两个人想的时候，我妈在一边儿急了眼，大声对着虾皮儿说："哎呀，就是你妈！"

我经历的白事多了以后发现，亲人意外去世与病逝，家属的反应完全不同。病逝者的家属多少会有如释重负的复杂心情，病人不再受病魔的折磨，去世的人是解脱，家属们同样也是种解脱。

但意外去世不是这样，活生生的大活人出门，再不可能回家，对于整天生活在一起的人，就像是一场噩梦。在刚发生意外的当天，他们开始像是傻了一样，然后否定，最后不断重复昨天甚至是今天刚刚与逝者的对话和日常。

"刚刚还好好的一个人，怎么说走就走了呢？"每次面对这样的质问，大了不会说一句安慰的话。因为在这种情况下，我们的出现，像是个贼，是死神的同伙，悄悄偷走了他们最亲的家人。本来被请来帮忙的大了师傅，在逝者家属面前会感到一种深深的愧疚，觉得自己特别多余，走也不是留也不是，站哪里都碍眼。

我爸完全理解虾皮儿父子的迟钝反应，他不再说话，把虾皮儿妈掀起的头皮用手盖好，再用刚刚脱下的蓝布褂子把整个脑袋包住，两只袖子在虾皮儿妈脖子的位置系好，然后蹲下对虾皮儿说："快！把你妈放我后背上！"

虾皮儿立刻哭出声："不用！我来吧，我是儿子……"我爸也急了："这都嘛时候了，别磨磨蹭蹭的！

我是大了，也是葛婶的儿子！快点放我背上！"

　　虽然虾皮儿妈人很瘦，但虾皮儿哭得根本使不上劲，最后还是我妈和虾皮儿两个人一左一右扶着，把虾皮儿妈放了上去。我爸又让我妈把地上都是血的雨衣拿起来盖好，才一步步走回虾皮儿家。

　　我妈和虾皮儿走在我爸旁边，虾皮儿他爸拎着蓝白条的篮子走在最后。讲到这儿，我妈洗着衣服的手突然停住，整个人好像被回忆点了穴位一样，一动不动。过了一分多钟才说："我们往回走的时候，雨倒是小了很多，很快你爸后背白色的衬衣就变成了一片血红色……"

　　我能想象，如果没有大了，死这件小事，一定会让很多的死者家属不知所措，甚至是惊慌失措，这都是人之常情。都活得好好的，谁也不会没事儿吃饱了撑的琢磨着："如果明天我们家谁谁谁死了，我该怎么办？"

　　一般人不小心说了这样的话，旁人都要马上对着地，不停地吐唾沫，并像念经一样快速地说："呸呸呸！好的灵坏的不灵！"仿佛不这样，很快就要大难临头。如果谁家真的不幸遇到白事，六神无主就是哭，你问他："别哭了，接下来的白事怎么办啊？"那人保准给你一个答案："找大了！"这就好像人生病了一定要去医院找大夫是一个道理。还真别说，大夫（代夫）和大了（搭燎），简直就是一对亲哥俩，一个是救人，一个是送人。

我爸背着虾皮儿妈到了家，把人平放在床上，手上脸上都是血水也顾不上擦，对着虾皮儿说："把你家做棉被的大针给我找出来，哦对了！还有线……有什么颜色的线都给我找出来！"我虾皮儿大爷那天受到的刺激太大，他好像是看着我爸，又好像是没有看着我爸，半天不动地方，突然又明白了什么似的飞快转身就走，拿着装针线的一个小竹筐回来说："给！你要的针和线都在这里，这么快就要做孝袍子啊？我妈怎么办呀？"

我爸没有工夫搭理他，喊我妈过来。我妈一个新娘子正在劝虾皮儿爸："您老也不要太难过，一会儿我给您做点吃的……"我妈听我爸喊她，跟个新兵似的赶紧走过去，我爸也好像首长一样很严肃地说："你找个盆，弄点温乎水，先帮着洗洗头。"

虽然是回忆，我看我妈眼睛依旧睁得老大，连眼角的皱纹都完全打开："洗洗头 —— 你爸说得倒是轻巧，等我把水端来，你爸把虾皮儿妈包在头上的褂子一拿走，好嘛，我是捂着嘴没有喊出声儿啊，还洗头呢，头皮连着头发和头就连着一点，那把我吓得好些日子一到晚上睡觉闭上眼，就是虾皮儿妈的头和头皮。那是真吓人呀 ……"

我爸说："你妈现在胆子大，都是结婚的时候我带出来的。师父带徒弟其实都有个过程，我想着慢慢锻炼你妈，谁知道你妈结婚当天就遇到了虾皮儿妈被火车撞了。不过你妈还真行，不仅没有吓哭，还一直在旁边看着。"

我爸说的我妈还真行，一直在旁边看着，是看我爸给虾皮儿妈整理遗容，说白了就是整理头皮。

3

整理头皮这样的事儿，我爸也是头一次干，他在背虾皮儿妈回来的路上，脑子已经把后面白事怎么办都想好了。虽然头皮离开头，但头发并没有离开头皮。因为血流了很多，大多数都流在了头发上，虽然被雨水冲了不少，可血一旦凝固，头发也跟着凝固，加上虾皮儿妈还是个长头发，所以头发不是打成结，就是头发一团团成为血疙瘩粘连成一片。

我爸在洗头前对虾皮儿妈说："葛婶啊，我是三喜子呀……您安心地走，有我帮着您哪，我们先把头洗干净！把头洗干净人就显得特别精神，就好看啦！"我妈说我爸那语气好像在哄一个小孩儿睡觉，我爸搞对象都没有和她这么温柔地说过话。

用了两盆水，头发才洗干净。我爸先用梳子梳理整齐，又用干净的毛巾擦干。其实虾皮儿妈的头发很少，白头发比黑头发要多很多，就是白头发也不是雪白的，是花白的。一小把头发放在手里竟然是灰色的，好像一把葱的葱须子，如果活着不认识虾皮儿妈的人，看到这一小把灰发也能想象到，她的一生过得不容易。

虽然头皮被掀开，不过还好是完整的并没有缺少什么。我爸在针线堆里找出最长的一根针，找了半天，找了一根很细的黑线，又看了看伤口的长度，对着窗户把线穿进大针孔里，拿着针线对着虾皮儿妈说："葛婶，这针和线都是您平时用过的……"说到这里，我爸心里难受，停了一下才继续说："待会儿，我给您把伤口缝好，您老配合着我，您是第一次，我呢，您知道我就是个大了，不是大夫，缝伤口的事儿，我不是总干，所以缝得好不好的，您老多担待吧……我这就开始啦！"

第一针儿下手最难，我妈在旁边一直捂着嘴，我爸后来回忆的时候语重心长地对我说："人啊！活着的时候都人五人六的，都是个人，可一旦死了，人就是肉。三天以后连肉都没有，只剩下灰儿啦！"我觉得他这样说有点悲观，小时候我不理解，长大后才明白，他办理过太多意外去世的情况，所以我爸从小对我的要求就很低，只要健康开心地活着就好。

我突然想起一个人，托着腮帮子问我爸："虾皮儿呢？”

虾皮儿只有一个哥哥，已经结婚，虾皮儿骑着自行车急着给他哥报丧。虾皮儿哥俩飞一样赶回来的时候，我爸还跟大夫似的，还在穿针引线地缝伤口呢。

我爸做什么事情都特别认真，也特别的慢，本来十几针能缝好的，我爸活儿太细，那小针脚小得儿乎都看不见，我妈说，你爸简直就是在绣花，竟然密密麻麻缝了二十多分钟。

虾皮儿妈死得突然，又是车祸，本来虾皮儿哥心理上就很难承受，下了自行车，就好像一只大鸟一样飞进了屋子，一眼看到我爸站在他妈妈的头边上，手上拿着一根做棉被的大针，正在给他妈缝脑袋……

换位思考一下，换谁都难以承受。难以承受之下，虾皮儿哥就猛虎下山一般，扑向我正在认真工作的父亲，好像他妈是我爸害死的，拳头像冰雹打向我爸的脸。想想也是，就是大夫给病人做手术缝刀口，也不能让病人家属看见啊。我爸被打掉一颗门牙，那次教训很深刻，我爸说他以后再给死者整理遗容时，死者家属都必须回避。

我想当然地认为接下来的画面应该是这样的：虾皮儿哥被众人拉开，了解了情况以后，向我爸诚恳道歉，我爸朝地上狠狠吐出一颗带血的门牙，无所谓地说："没关系！就这一回，下不为例！"

可事实不是这样，我爸被打了第一拳以后，就本能地躲闪。我妈在旁边不乐意了，心想着："今天可是我们结婚的大喜日子，新郎官帮着你家办白事，不要钱还挨打？"我妈一眼看到床边上放着刚刚给虾皮儿妈洗头发的一盆血水，端起来对准虾皮儿哥就泼了过去，从此我妈被冠名了一个有魄力的外号："泼妇"……

4

虾皮儿哥被他爸和虾皮儿狠狠批评了一顿，也发现自己打错了人，但他在乎面子，没给我爸赔礼道歉，倒是虾皮儿他爸，握着我爸的手一个劲地说："三喜子，你可千万别生气，他也是难过误会啦！你不看僧面看佛面，你不看我的面，你看在虾皮儿妈的面子上，小时候她可疼过你。"

我爸点点头没有说话，不是他不想说，是我爸的嘴被打以后，肿得像个猪嘴。我爸被打成一副猪八戒的模样，嘴上不说什么，可心里多少有些不乐意，本来买寿衣这样的事情，大了是要跟着去的，但因为被打，伤还在脸上，所以就让虾皮儿跟他哥一起去给虾皮儿妈买寿衣。

他们临走的时候，我爸还不忘歪着嘴嘱咐虾皮儿："买一件袍子，棉衣棉裤，衬衣衬裤就可以啦，不要买皮鞋和皮做的帽子，听老人说用了下辈子投胎会变成动物……还有铺的褥子要黄色的，蒙单要白色，最好选绣好的八仙图案，是'铺金盖银'的意思。寿衣没有还价的，买的时候提我，可能会便宜一点。"

虾皮儿他们去买寿衣的时候，雨已经停了，虾皮儿他嫂子领着孩子来哭丧。如果说虾皮儿他哥是大个虾皮儿的话，他这个老婆就是龙虾，不仅个子高大，声音更是粗犷有力。她一进门就大哭着："婆婆呀！我苦命的婆婆呀！"我爸和几个大小伙子愣是拦不住她。

我爸说，那架势让他一下子想到自己被虾皮儿哥暴打的情形，只不过这回是只母老虎。我爸一看实在拦不住，索性放她过去哭。说来也奇了怪啦，没有人拉着，虾皮儿嫂子也安静下来，喊叫的声音也小下来，只是不停地说："好好的人怎么突然撞死了呢？婆婆，你的命好苦啊……"

邻居越来越多，可寿衣一直也没有买回来。我爸对虾皮儿嫂子说："你也不要哭了，看看家里有报纸什么的，给我找点，我把家里的镜子糊上。"

虾皮儿嫂子用袖子擦了擦眼泪，站起来去找。我妈凑过来好奇地问："为什么要用报纸把镜子糊上？是不是怕死人在镜子里看见自己的魂儿啊？"

嘴正疼着，我爸用手托着下巴说："应该是这个理儿，这都是祖上传下来的老例儿，跟咱俩拜天地是一个意思，没有为嘛儿，因为打那天就这样儿！"我妈知道我爸嘴疼，心情不好，要少说话，拉着我爸的胳膊在两个屋子里走了一圈才说："你看看，这满屋子哪有一块镜子？如果你觉得这两块也算镜子的话……"

我妈说完，用手指了指虾皮儿他爸厚厚的眼镜片。别误会，我妈没有幽默的意思，她很认真。

屋子不大，虾皮儿他爸正坐在椅子上抽烟，手里拿着一个鸡蛋左右地看，听见我妈的话，默默摘下眼镜："大了，你见识多，你说说，一个大活人被撞死了，可篮子里的鸡蛋怎么连破都没有破呢？"

白事上，我们做大了的最怕的不是诈尸，也不是闹丧，最怕死者家属里有人再出点嘛事。我爸坐在虾皮儿爸旁边的椅子上缓缓劝道："富贵在天，生死有命。您是老师，这个道理您比我懂。生有生的命，死也是啊，死有死的命。好活歹活不一样，可好死歹死都一样，都是个死！您哪，别瞎琢磨了，把葛婶平时用的被褥枕头给我找出来……"

我爸还没有说完，虾皮儿爸急了眼，用拳头一下一下使劲拍着心口："干吗？人刚死，就要收拾铺盖？虾皮儿他妈跟我在一个炕上睡了一辈子，她刚死，就要她卷铺盖走人，这样做，我不成了畜生一样的人吗？"

虾皮儿爸说完，手突然垂下来哭了，把抽了一半的烟哆嗦着放进嘴里，半天也抽不出一口烟，烟灰落了他一身，一脸的眼泪也不擦，自言自语地说："从前孩子小，一家四口人日子紧紧巴巴地过，等到了晚上全家……挤在一张炕上，心就踏实啦！第二天再苦也能爬起来挣钱养家，一晃啊……孩子们都长大了，结婚的结婚，长大的长大，晚上睡觉，就剩我们老两口……"

说着说着，虾皮儿爸走到了虾皮儿妈遗体前，坐在旁边撩起盖在虾皮儿妈头上的床单，摸着虾皮儿妈已经苍白的脸："现在……现在连你也走啦！只剩我一个。"说完看了看炕："老婆子！你看咱家这个炕，原来这么小的炕，怎么突然变得这么大了呢？"虾皮儿爸擦了擦炕沿的木头边儿，光滑的黑色床边被岁月磨得像鹅卵石，隐约照出虾皮爸的影子。

他深深叹了口气："从前老大半夜爱踢被，老二爱踢
人，你爱打呼噜……可我看着你们这样吧，心里却特
踏实。现在你一死，连你的被子也要拿走，晚上我睡不
着，想摸摸你的被子，对着你的枕头说说话儿，都不可
能啦……"

屋子里的人都跟着哭，我爸没有想到只说了一句话，
让虾皮儿爸勾起了伤心，可这被褥必须要丢在房顶上，
这也是白事几十几百年甚至是几千年传下来的，我爸的
嘴更疼了。

"您老不知道，把葛婶被褥放在房顶上是有说法的，
意思是告诉去世的人，要去天上，不要下地狱的意思，
还有人说这样做是告诉去世的人，赶紧去投胎过好日子
去，不要留恋这里……都怪我没有和您解释清楚。要
不……要不等出殡以后，被褥我给您拿下来，您还自
己留着？"

虾皮儿爸听我爸说完，坐了一会儿，转身爬上炕，

掀开盖着被褥的单子，因为把眼镜摘了看不清，他把眼睛贴在被子上，找到后两只手托着被褥交给我爸。虽然是简单得不能再简单的被子和褥子，但在此刻却显得格外珍贵。我爸也是双手接过，接过以后，虾皮儿爸语气反而平静了："大了说得对！我不能太自私，上天！上天好，不能下地狱！给你拿去，一定让虾皮儿妈上天！她是个好人，应该上天过好日子！"

我爸说他把虾皮儿妈的被褥放到房顶的时候，不是和从前一样随意一丢上去，而是恭恭敬敬把被褥叠整齐，最后把枕头放在最上面。放好以后，望着天上的云彩说："葛婶啊，您老一定要去天上！"我爸说完，看到天上的云彩突然出现一个大口子，一道阳光照下来。不远处，竟然有一道很大很大的彩虹，漂亮极了。

5

虾皮儿他们买寿衣回来，一件一件打开给我爸看，我爸不用看也知道，他们被卖寿衣的人忽悠了。虾皮儿说："人家卖寿衣的人说了，我妈这叫暴死，必须要多穿衣服，所以买了十一件的一套。虽然贵是贵了点，人家说了，人死得太惨，也就花点钱解解心疼。人家卖寿衣的人还说啦……"

虾皮儿还要往下说，我爸这个大了不想继续听下去，打断道："人家卖寿衣说的什么，你不用告诉我！现在你们该听我大了说啦！"我爸觉得虾皮儿一片孝心用得不是地方，又觉得买寿衣的时候他应该跟着去，所以心里不痛快，但也不好说什么。

我爸把虾皮儿哥俩喊过来说："你们过来看！"他说着掀开盖着虾皮儿妈右腿关节的地方给他们看，两个人没有任何心理准备，吓得脸突然地一白，因为腿关节的地方被车撞得很严重，已经露出了白色的骨头。

我爸说："你们说，怎么办？是就这样穿寿衣，还是处理一下？怎么处理你们说吧……"我爸说是对虾皮儿哥俩说，可说的时候眼睛一直看着虾皮儿哥。

虾皮儿哥不说话，虾皮儿说："你是大了，白事我们哥俩听你的，你说怎么办就怎么办。"虾皮儿说完，用手推了他哥一下，又埋怨地说："哥，你说呢？你说句话，大了帮咱妈办白事，一分钱也不要，本来正拜堂呢，下着雨替咱哥俩从铁道边给妈背回来，又是洗头又是弄伤口。你还……打了人家，现在咱妈腿这样，你说怎么办？"

虾皮儿哥脾气烈，突然狠狠抽打自己的脸："大了！我知道错啦！你该怎么弄就怎么弄，我再不多说一句话！"我爸用手挡住，着急地说："别别别！大哥别这样，我理解你的心情，我想你们是误会了，我找你们过来不是我记仇，是想着和你们商量，看看怎么办。如果你们听我的，我的意见是用纱布和木板固定好。现在人已经去世，骨头断了也不可能接上。我做大了，整理遗体时的原则是：只要去世的人看起来和活着睡觉的时候一样就行……你们看行不行？"

虾皮儿哥俩点点头，我爸说："给虾皮儿妈穿寿衣的时候，不知道怎么的，嘴不怎么疼只是更肿，真是神奇，我猜是虾皮儿妈给我把疼带走了吧！"

我爸嘴不疼以后，来了劲头儿，一边给虾皮儿妈穿寿衣，一边给虾皮儿哥俩普及寿衣知识："虾皮儿，卖寿衣的人有没有和你说寿衣上衣不叫件而叫领，因为以前的寿衣都有领子，所以叫领。寿衣有三领、五领、七领三种。裤子也不叫条而称呼腰，有三腰、五腰之别。'五领三腰'就是穿五件上衣着三条裤子……"

我妈和我说的时候还沉浸在回忆里，眼神里带着当年新娘子的害羞和骄傲："那把你爸神气的，最后虾皮儿妈的腿固定用了一整条床单，前前后后绑得结结实实，最后穿好，真跟你爸说的那样，就跟睡着了一样。"

每到我爸我妈结婚纪念日的时候，他们都会不自觉地提起虾皮儿妈，而每次我妈也都会对我爸说："我怎么也想不通，我好好的婚礼最后怎么就变成虾皮儿妈的葬礼？还有啊，虾皮儿哥打你，你不知道还手，我一个当天结婚的新娘子为了救你，却换来'泼妇'这个破外号！"每一次说起来，我妈都能给自己委屈笑喽，每次我爸也跟着"呵呵"地赔笑。

两年前，虾皮儿大爷得了阿尔茨海默病，有一年过年，我跟着我爸去大爷家看他。虾皮儿大爷谁也不认识，经常把老伴儿当成自己的妈妈。我爸笑呵呵地问虾皮儿大爷："知道我是谁吗？"

我记得这个问题我小时候也总有人问我，可我每次都想不起，是在哪一家白事见过这个人。虾皮儿大爷比我小时候机灵，他眯着眼看了我爸一会儿，恍然大悟一拍大腿。

"我认识你！你不就是门口卖煎饼果子的嘛！"然后虾皮儿大爷就跟小孩儿一样，撒娇地说："给我来一套煎饼果子，两个鸡蛋的！好好做，我留着给我妈吃！"

傻二　傻大

1

我按照时间顺序讲啊，傻大死的时候，我已经存在，只是还在我妈肚子里。我妈说："傻大的死，你爸可伤心了好长一段日子……"

傻大不是自己一个人流浪，他还有一个弟弟傻二，胡同里的孩子看见他们哥俩都远远地跑走，边跑边喊："大傻子二傻子来啦，快跑啊……"

不能怪孩子害怕他们，兄弟俩的样子实在吓人，头发老长不说，还都披散着，关键他们的头发还特别多。加上从来不洗，头发和荒草一般，在脑袋上立着，好像头上长出了黑草，又好像是脑袋长满了刺。白天还好，晚上傻二有时突然从胡同口跳出来，能把大姑娘小媳妇吓得失声尖叫。

哥俩的脸更吓人，黑乎乎地结着硬壳，好像戴着一个厚厚的面具。晚上更恐怖，黑色的面具闪着光亮，尤其两只眼睛如果突然睁开，真有鞋油抹脸上的感觉，极其诡异恐怖。衣服更是又脏又破，他俩一年四季都是一身衣服，尤其傻二，他和哥哥从来都是只穿一条裤子，经常走着走着，裤子"哗啦"一下散架掉下来，从他身边路过的人都会吓一跳。傻二掉了裤子直接露出尿尿的家伙事儿，这时傻大会帮着弟弟把裤子提起来，随后在自己身上随意扯下一条烂布条，给弟弟系好。

傻二个子奇高，我猜是心眼少的人，身体就把重心转移到了长个儿上。傻二不仅个子高，脖子更是长得不像话，是别人脖子长度的两倍。夏天的时候，站在树底下，傻二可以直接用嘴够着吃低矮的树叶。

当树下乘凉的人们看着傻二吃树叶时，傻大也静静看着，他平静地解释，又像是在自言自语："我弟弟也喜欢吃肉，他是饿的……"

我爷爷坐在树下，看了心里难受，对傻大说："你们在这儿别走，等我一下。"爷爷回来的时候，手里端着一个碗，碗里有两个饼一块咸菜，递给傻大："家家都不富裕，唉……和你说这些做嘛，赶紧吃吧……"傻大不接碗，直接把饼和咸菜拿出来，笑着说："谢谢！谢谢大了！我们太脏，别糟蹋了碗。"

"不怕脏，碗洗洗就干净了，人心脏了才要命。这个碗送给你，你们喝水的时候用得着。"傻大嘿嘿笑着收下，不停对爷爷说："大了您是个好人！谢谢！谢谢！"那天爷爷回家对我爸说："傻大一点也不傻，还知道我是大了呢，可惜傻二是真傻。"

等我长大以后细想，无法想象我爸竟然和一个傻子做朋友。我为此求证过我爸，得到的答案是："我和傻大不是一般的朋友，每当我做大了遇到烦心事，我总会想起傻大。没有他或许我坚持不到现在。"

听我爸这样说，我大概对他们的友谊有了了解。我太知道作为大了，最不愿意办理亲人朋友的白事。职业需要我们保持冷静，哪怕是在最想哭的时候。在死亡面前表现出冷静，是大了的职业要求和自我素质——克制悲伤，就是我们要做到的第一修养。如果大了在一场白事中完全释放悲伤大哭一场，后果不亚于遗体诈尸。但大了也是人，是人就有七情六欲，大了的悲伤只能找个没人的地方，独自承受。

说回傻大，谁也不知道傻大叫什么，开始孩子们都喊他："大傻子！"傻大就和喊他的人说："大傻子不好听，喊我傻大吧，傻大好听。"有好事的人问他："还不是一样，有什么分别？"傻大笑了笑说："所有的傻子都可以叫大傻子，所以它不是个名字，傻大是个名字，喊傻大我就知道是叫我，你喊'大傻子'，很聪明的人自己也会笑着说'我就是傻，就是个大傻子！'你说奇怪不奇怪？"傻大说得一本正经，反倒是听的人大声取笑："不怕傻子傻，就怕傻子成了精。"

傻大不知道从哪里来、什么时候来的。我爸咬定说第一次看见傻大哥俩那年，正是他和我爷爷正式学木匠活做骨灰盒那年。那年有一次我爸犯了错被爷爷骂了一顿，跑出去在胡同尽头的海河边上傻坐着。当时快过年了，天上下着雪。雪花大朵大朵的，像盛开的雪莲花瓣儿。海河冻成镜子一样，傻大领着弟弟悄悄坐在我爸身边，我爸看了他们一眼，半天彼此谁都没说话。

"大哥，你不高兴啦？为嘛啊？"傻大开口问。

我爸有点后悔跑出来，地面比冰还冷，屁股越坐越冷，快冻僵了，我爸又冷又委屈，没好气地回答："为嘛？不为嘛，好像我说了你能懂似的。"

傻大一点没生气，又接着问："大哥，我看你穿得暖和，鞋也暖和，脸白白胖胖的，还不高兴不知足？"

我爸听傻大这么一说，细想也是，对着傻大笑了一下，傻大跟着也嘿嘿地笑，傻大弟弟看哥哥笑，也跟着嘎嘎笑，笑得好像个鸭子，但看得出来哥俩是真开心。那天我爸看傻了，大雪飘落在哥俩的头上眉毛上，尤其是落在睫毛上，像是镀了一层洁白的透明花边，尤其他们忽闪着眼睛时，很好看。

不管傻大哥俩从哪里来，他们从此把胡同当成了自己的故乡，隔上一段时间就会回来。有好心的大娘大爷会给他们几件衣服和馒头大饼，实在太饿，他们也翻垃圾吃。那个时候，家家都不富裕，根本不会有浪费粮食的情况，所以他们根本捡不到什么可吃的食物。

年轻的我爸琢磨很久都没想明白，如果傻大不傻，为什么不找点事儿做，挣钱养活弟弟，为什么要过流浪的日子？

终于再一次遇到傻大时，我爸终于问了这个让他困惑很久的问题。那天晚上我爸正给一家白事送路，领着那家人去马路路口，看到马路边上坐着傻大。他和弟弟看着送路大哭的人们，傻二嘿嘿傻笑流着口水，傻大用袖子擦了擦弟弟的口水，平静地看着送路大哭的人们。

我爸走过去，傻大站起来："大哥，谁家死了？"

"你们坐在这里别走，一会儿我有事儿问你。"我爸对傻大说完，就去忙着送路。忙完想起傻大哥俩，找白事那家要了一个苹果、几块白皮点心。

傻大吃点心和傻二不一样，狼吞虎咽的，傻大吃得很慢，用一只手托着，最后再把手里的点心渣子倒进嘴里。

吃完我爸问他："我看你也不傻，为嘛不去找个工作？"

很奇怪，傻大不回答我爸的问题，而是抬头看了看天。那天天上的星星很亮，月亮也是个满月。我爸看傻大不说话，也跟着看着天。但让我爸想不到的是，傻大的回答让我爸觉得傻大不傻，傻的那个人是我爸。

傻大说："大哥你听没听过一句话，站着说话不腰疼。你问我为嘛不找个工作养活自己，要不你给我个工作，工作的时候必须能同时照顾我弟。"

我爸傻了，一时不知道怎么回答才好，想了一会儿说："你说的那句话我当然听过，其实站着说话腰也疼。我给人做大了不收钱，你如果想做大了跟着我，至少吃饭不愁。"

2

傻大吃完点心那晚，又从胡同消失了，没有跟着我爸做大了。等他再次回到胡同时，已经是半年后了。

傻大背着傻二坐在胡同里的一棵大树下，慢慢把傻二靠在树干上，头垂下来，好像是睡着了。傻二脸本来就黑，睡觉以后脸更黑了。有人好奇过来问："傻大，你这些日子过得怎么样？"

傻大喘着粗气说："你给我点吃的，我就告诉你……我两天没有吃东西，太饿……"有人从家里拿来馒头，傻大几口吃完，吃完抹抹嘴说："傻二病了，现在好了。"说完很平静地问围观人群："你们谁知道，大了家住哪儿？"

他抬头看着人群，所有人突然集体往后退了两步。有人抬高了声音问，像是被恐惧踩住了脖子："你找大了干吗，谁死啦？"还有人猜："傻大，是不是傻二死啦？"

傻大咽下最后一口馒头："是啊……要不我找大了

干吗？"

我爸说这次傻大回到胡同，把胡同里的所有人都震惊了，不仅因为傻二死了要找我爸办白事，而是最后我爸给他办了两场，一是傻二的，另一场是他自己的。

先说第一场。

有死就有生，傻二死了，我还在我妈肚子里没有出生。我妈肚子一天大似一天，每天她都担心生我的时候，不知道附近谁又去世要我爸去办白事。

预产期还有一个月时，我妈差点得了产前抑郁症，用一首歌的歌词形容就是"最怕半夜突然地敲门，最怕邻居突然地去世，最怕请爷爷和我爸的人哭个不停息，最怕我突然地出生"。

用现在的话说，我妈真是太难了。嫁给大了当媳妇，知道从此再不能怕死人，可生孩子她还是很在意，怕对马上要出生的我不好。

"不知道旁人，我是自从当了妈以后才知道，活着的每一天啊，都在为了孩子着想。唉，所以后来我每次给母亲入殓，都会格外用心。当妈妈可不容易哟……"后来我妈成为女大了，只给去世的女人办白事，发生了很多感人的事儿，那是后话，以后有机会再继续讲。

做白事的大了，其实有点像消防员。只要有人来求救，就不能拒绝，哪怕大了生病正在发烧，又哪怕是摔断了腿，也要架着拐去。来敲门请大了去办白事的，虽然是逝者的家属，但在大了看来，他是代表去世的人，所以根本无法拒绝，也不能拒绝。大了师傅们心里都明镜似的，知道有个人已经失去生命，正躺着等我们去照顾，并且只有我们可以照顾。

说是慈悲也好，工作职责也罢，"死了有人管"这句话对所有人都是个信念，心里会多出一份踏实。记得一位得了癌症要去世的天津老先生和我说："就算哪天老子离开这个糟心的世界，面朝黄土的时候我不指望儿女，有大了照顾我的身体，不至于死得那么难堪，会让我觉得这个人间没那么不值得。"

人啊，在我看来始终是面子比里子重要，哪怕是去世。只要参加过白事葬礼的人都知道，几乎所有生前认识的人都会到场，这时候不分社牛社恐啦，都要见见面。让自己死得好看一点，应该是全人类的美好愿望。

咱还说回我妈，死这事儿，不能违抗也无法拒绝。所以我妈就愁啊，每天默默在心里念叨："老天爷您老行行好，都让人们好好活着，咱谁也别死！"

我妈的默默祈祷很管用，大概有半个月，胡同里平安无事，没有一个人去世。可偏偏这个时候，傻大背着傻二的尸体，"咣咣"敲响了院子里的大门。当时我妈和我奶奶正坐屋子里给我准备出生的小衣服小被子，听到砸门声，我妈心里一沉："不好！一定是有人死啦！"

那时我妈已经可以分辨没事串门儿邻居的敲门声和请大了来的人敲门方式的不同。家里死了人来敲门的，恨不得把大门几下子敲散或者直接破门而入才好。

我爸平时做做木匠，天气好的时候，就在院子里打木匠活（其实就是做一个个精美的骨灰盒）。那天天气不错，我爸在院子里正用上好的骨灰盒木料，给我做个木头的小床。听见敲门，我爸立刻打开门，其实门根本就没上锁，那个时候家家户户都不锁门，都一穷二白的，贼也知道进屋也没有可偷的。

打开门一看是傻大，我爸先是一愣，再看傻大后背还背着一个人，大概猜出了八九分。在傻大的身后几步远的地方还站着一群人，我爸还没搞清楚怎么个情况，傻大已经蹲下把傻二放下来，双膝跪下："大了师傅！求你给我弟弟傻二办个白事！"

自古办白事都是请大了去逝者的家里，可傻大没有家，这让我爸有点为难。门外围观看热闹的人们全是看事儿不嫌事儿大的主儿，大家开始小声议论："看这回大了韩师傅怎么办。"

外面的热闹惊动了爷爷，他几步走了出来，傻大看见爷爷，跪着正式磕头："大了，求您给我弟弟傻二办白事！他活着时是个傻子，这是他的命，但死了，我不能让我弟再走得糊涂。"傻大说的时候，不仅没有哭反而语气平静，像是电视台的主持人，一字一句说得缓慢坚定。

爷爷把傻大扶起来："我们大了给人办白事不要钱，但要上去世人的家里办。如果你有这样一个地方，我就跟你去，再破也没关系。"

傻大摇了摇头："我们没有家，是不是就不给办了？"

"你先起来。"爷爷搀起傻大，转身对我爸说："赶紧把咱家大门卸下来，别让傻二躺在地上。"又对傻大说："你没有家，但你既然请我当大了给你弟弟办白事，我们家就是你们的家，在我们家给傻二办，但有个条件，你要跟我去趟派出所，要不火葬场不给火化。你看行吗？"

在家里给傻二办白事，我妈第一个反对，理由很充分："先不说傻二太脏，全身都是虱子，关键是不知道他死了多少天，得的什么病，万一传染呢，大人还好说，可肚子里的孩子怎么办？"

这些话，我妈只敢在肚子里想想，不敢说出来违抗爷爷。趁爷爷和傻大去派出所的时候，她把我爸叫到屋子委屈地哭道："你是要傻二还是要我？"我爸一听都乐了，笑着说："我要傻二干吗？再说傻二一个傻子死了，你和他吃哪门子的醋？"我妈听完也扑哧乐出声，但还是说："要在家里给傻二办白事，我就回娘家！"我妈本打算威胁一下我爸，没想到我爸说："你跟我想一块儿啦，我也是这样想的，你赶紧收拾一下东西，回娘家住两天。"

奶奶也跟着说："祖宗立下来的白事规矩必须遵守，这人一死啊，就好比是刚出生的婴儿，自己照顾不了自己，就需要大了照顾。傻大哥俩也是可怜，求到咱门上，咱不能不管。反正一句话：死人的请求，大了不能拒绝！"奶奶几乎是喊着说完，我爸在一旁跟捧哏似的，马上点头接上："对！我就是那个有能力照顾死人的人，谁让我是大了呢。"

听我爸说的时候，我忍不住跟着附和："完全同意，人家是使命必达，咱家是'死'命必达，没毛病。"

奶奶给我妈擦干眼泪："傻二在咱家办白事，你怀着孕，确实也不方便，走！我送你回娘家，正好和你妈说会儿话。"

3

十几口子人开始站在我家院子外面，后来又慢慢转移到了院子里面。大家都静悄悄的，连一个抽烟的都没有，好像在等着看一场好戏。毫无疑问，大家不是想看傻二的尸体，围观的人最想看的还是我们家到底怎么给傻二办这个白事。

我爸和我说，虽然当时心里没底，但白事其实都差不多，不管死的人是大人物还是傻子，死人就是死人，按照白事的程序来吧。

看热闹不嫌事儿大的人不奇怪，但看热闹不怕苦不怕累，反倒愿意帮忙的可稀奇了。那个年代人们心肠都热，我爸看了看围观的人，对着人们说："老哥几个别都看着，来！能搭把手的都搭把手。"我爸说完上来三四个人，都是老邻居，岁数最大的孙大爷说："我说大了，这回可崴了泥啦……傻二这傻小子他妈太脏了。"

我爸看着也为难："先把脏衣服换下来丢垃圾箱，脸和手脚是重点……对了，还有头发，头发前面都剃光，后面的头发留着，虽然傻二不可能有后辈人，但还是按照规矩来，给他留后。寿衣呢，傻大肯定也没有钱，就穿我结婚那身吧……"我爸又看了看傻二的头："秋天了，还是要戴顶帽子。"帮忙的孙大爷说："我有一顶新帽子可以给傻二！"

正式开始给傻二入殓的时候，来了很多邻居。打水的打水，擦脸的擦脸，好像傻二是胡同的亲人。我爸说最后围观的人都过来帮忙，比我爸结婚那天来的人还多。

孙大爷给傻二洗着手竟然悄悄地哭了："把脏泥洗下去，手背的肉都是烂的，这傻孩子平时吃了多少苦啊！可平时我看见他，他总是对我笑……我为嘛当时不回家给他拿点吃的呢？明明知道傻二一定很饿，可还是狠着心走啦……现在想，我嘛真不是个东西！"

不知道是不是人一死，人们想到的都是这个人活着时候的好。傻二这个平日里被喊作傻子的人，在死了以后才引起孙大爷的同情。他的话唤醒了大家的内疚，小

声检讨当初傻二活着的时候，该对他好一点。大家都傻
呆呆看着傻二的遗体，好像每个人都觉得平日里对傻二
做得不够仁义。

我爸觉得应该劝劝孙大爷，别让他太伤心，所以一
边给傻二洗脚一边说："大爷，您不用内疚，傻大不还活
着的吗？您可以以后对傻大好。"孙大爷点点头："大了
说得对！我现在就回家给傻二拿帽子，顺便给他煮两个
鸡蛋。"我爸说那个年代的鸡蛋，只有家里来了贵客才拿
出来吃，看来傻二的死，大爷是真难过了。死对活人确
实有教育意义，在很多白事上，细心的人也都可以感觉
出来。

傻大和爷爷回来的时候，傻二已经焕然一新，傻二
从来没有这么干净精神过。穿着我爸结婚的那身新衣服，
白色的衬衣白色的袜子，黑布鞋，一身蓝色的西服，帽
子也是蓝色的。傻二的脸上终于看到了皮肤的颜色，一
只手攥着一个煮熟的鸡蛋，这是孙大爷放的，放的时候
说："傻二，你留着路上吃！"好像傻二没有死，只是要

去外地旅个游。

傻大看着弟弟，不敢相信眼前躺着的这个又干净又平整的人就是傻二，屋子里站满了帮忙的人，都不眨眼地瞪着傻大。以为傻大会大哭一场，或者抱着傻二的遗体认真地看。但傻大不仅没有哭，还高兴地笑了，笑着说："傻二怎么跟新郎官一样啦？ 好嘛！ 手里还有鸡蛋，傻二要是活着，一定也要高兴死……"此时帮忙的人才意识到："原来，傻大也是个傻子呀！"

傻大说完，突然向人群跪下，最后对着爷爷和我爸说："谢谢谢谢！ 我替傻二谢谢大家！"

我爸扶起傻大，手里拿着一枚铜钱："傻大，你给傻二放在嘴上吧，这是'压口钱'，给傻二压上这钱，他到了那头儿会一直有钱花。"傻大接过钱，眼里有了泪，轻轻放在傻二的嘴上，放好后对着傻二心疼地说："你个傻子！ 给你钱，你会花呀？ 还不是要让人给抢走？ 你活着有哥照顾你，你自己去那头儿，不要再傻，要变得聪明！ 记住啊……"

　　傻二没有"铺金盖银"，铺的褥子是我妈结婚带来的嫁妆，盖的更讲究，竟然是我爸那屋门上挂着大红喜字的门帘子，也是结婚时候新买的。

　　傻二在我们家办白事那两天，整条胡同就数我家最热闹。到了晚上，院子里灯火通明，胡同里的邻居自发端来做好的饭菜，傻二遗体前面供桌上的供品也是琳琅满目，苹果点心包子饺子面条……一个小小的供桌根本放不下，堆成了小山。这些个好吃的，把傻大看傻了，他拿起一个包子狠狠咬了一口，看我爸坐在他旁边抽烟，傻大不好意思，又拿了一个包子伸手递给我爸，我爸摇摇头。傻大吃着包子说："大哥，为嘛傻二死了，人们却要给他送好吃的呢？死人又不会吃饭，傻二活着的时候为嘛不给呢？现在傻二不能吃，我替他吃，他也高兴！"

　　我爸倒了一杯水给傻大："吃吧，喝点水慢点吃，因为傻二死了，傻二就不是原来的傻二啦。"傻大瞪大眼睛问："不是傻二是嘛？"我爸看着傻二的遗体："变成了一种美好的愿望，大家希望死去的人会去另一个地方过好日子！送这些好吃的，就是这个意思，希望傻二一路走好的同时，保佑我们所有帮助过他的人。"

傻大不吃包子了，想了想，突然苦笑着对我爸说："我也想去另一个地方过好日子。现在的日子真不好过！"

4

我爸觉得傻子随意说的一句话，不能当真，安慰傻大说："你别瞎想，以后你跟着我做大了，虽然没有钱，但至少可以吃饱。"

傻大不说同意也不说不同意，只是说："大哥，我想洗个澡，傻二都干净了，我也不能再这么脏，还有……你能不能给我一身不穿的旧衣服？"我爸说："可以，这大晚上的你去哪里洗澡？"傻大笑着说："大哥，这你不用管，猫有猫道狗有狗道，流浪汉有流浪汉的方法。洗完，麻烦大了你也给我剪个头，不要跟傻二那样的，前面要有头发的那种。"我爸忍住笑说："你放心，傻二那种头只给死人剪。"

傻大去洗澡，我爸守灵。我爸白天也是累了，守着守着坐在椅子上睡着了，觉得有人推他，他一睁眼看见一个从来没有见过的男人，以为是吊孝的，站起来问："你是傻二什么人？"

"大了哥，是我呀，傻大呀！你睡迷糊啦？"傻大笑着说。

我爸听声音听出是傻大，借着灯光又认真看了看，才认出他，好像傻大不是去洗澡，而是去整容了。我爸看着傻大，傻大却搬了把椅子说："大哥，你答应给我剪头发的，现在剪吧。"

我爸找了条床单给傻大围着，拿着剪子开始剪头，一边剪一边问："傻大，傻二是因为嘛死的？"

"病死的，发烧烧了好几天，也不吃东西。我背着傻二去医院，大夫看病要钱呀，我又没有钱。有一天早晨，我睡醒一觉，一摸傻二脑门不热啦，我以为是好啦，喊了半天不醒，一摸鼻子没气了。"傻大说的时候好像是说别人的事情，和他自己一点关系也没有。我爸又问："你们爹妈呢？也都死了吗？"

傻大来了劲头，笑呵呵地回答："我妈也是个傻子，我和傻二不知道我们的爹是谁。有一天我领着傻二出去找吃的，我妈自己在家，不知怎么把房子点着了，把她自己也烧死了。埋了我妈，我和傻二沿着铁路一直走，走到这里，发现这里的人对我们很好，给我们吃的也不欺负我们，所以就没有继续往前走。"

傻大说自己的遭遇的时候，虽然日子很苦，但却是笑着说的。我爸问他："傻大，傻二死了，你以后怎么打算？"这次傻大回答得很严肃，像突然变成另外一个人，剪了一半的头努力转过来看着我爸说："大哥，我和傻二给你们家添麻烦了，这辈子我们不能回报，如果有下辈子，我们一定报答！"说完使劲抓住我爸的手，不再说话。

傻大这些话，让我爸意想不到，手里拿着剪子，也跟个傻子一样，傻站着半天不动。等傻大又重新坐好，我爸才下意识地继续剪头。傻大坐下哭了，用胳膊擦着眼泪坚决地说："我想好了，以后……继续照顾傻二！"

我爸一听更傻了，傻傻地问："傻二已经死了，你怎么照顾？"傻大看着不远处傻二的遗体："大哥，我傻！你不知道吗？傻二活着我是他哥，我要照顾他，傻二死了，他也变不成我哥，我还是他哥。我知道我傻，分不清死人活人的道理，我就知道傻二离不开我！"

"傻大，你别傻了，听我的话，跟着我做大了，以后娶个媳妇再生个孩子，日子会好过的！"我爸听傻大说完真着急了，也不知道该怎么劝他，终于明白那句老话儿：傻子认一门。傻子认准的道儿，十头牛也拉不回来。

头发剪好了，傻大沉默着，我爸看着他瘦弱的肩膀，心里一阵难过。我爸生在大了家，每天不是给人做白事，就是跟着爷爷学做骨灰盒。每个人的人生不同，要背负的责任不同，所以我爸特别理解傻大，从出生就要承受终身照顾傻弟弟的命运。

傻大站起来走到傻二的供桌前，端了一盘饺子，用手抓着吃，边吃边说："好吃，好吃！好吃不过饺子，饺子真好吃！"吃完饺子，傻大背对着我爸说："大哥，求你最后一件事，我刚在河里洗干净，头发也是新剪的……如果我死了，大哥你也别费事，换衣服剪头发的都省啦，给我放傻二旁边就行，回头把我和傻二一起火化。"

我爸拿着剪子一动不动，看着傻大吃得开心，好半天才哽咽地说："傻大！好死不如赖活着，你又不傻！以后日子长着呢……听大哥的，别傻，以后日子长着呢……"我爸说，当时不知道为什么，心里难受得想抱着傻大大哭一场，因为他懂傻大的傻。我爸说的时候红了眼圈："现在的人太聪明，理解不了。"

傻大剪完头说要守灵，让我爸进屋睡。

我爸没法睡得踏实，半夜起来还想跟傻大再聊聊，看到灵堂里只有傻二的遗体，傻大不见了。开始我爸以为他去厕所，也没多想。可天都快亮也不见傻大回来，心里更不踏实。

　　早晨五点多，爷爷奶奶还在睡着，我爸守灵抽着烟，突然一个人冲进院子，大喊着："大了！快去！傻大上吊啦！"

　　我爸猛地站起来问："傻大救活了吗？现在在哪儿？"

　　那人说："不知道死没死，人还在胡同口那棵大树上挂着呢！我早晨一出门吓了一跳⋯⋯"那人还在说，我爸已经抬脚跑出了院子。跑到树底下一看，傻大整个人脸是紫的。我爸冲上去抱住傻大的两只脚，使劲往上举，大喊着："来人啊！快来人啊！"

　　很快大家把傻大从树上放下来，人已经全身冰凉，爷爷赶来只说了一句："谁也不要动，三喜子你去派出所一趟，把警察叫来，看看怎么办。"

　　一大早，人们围着傻大的尸体又是一顿叹气，孙大爷难过地说："傻大一个傻子怎么会自杀呢？"有人回答他说："就是因为他是傻子才自杀的，你看谁家死了弟弟，哥哥也跟着自杀的？只有傻子才这么傻。"

半小时以后来了两个警察，看看现场认定是自杀。一个年老的民警知道我爷爷是大了，直接问我爷爷："是我们把尸体直接拉火葬场，还是您拉走办白事？"我爸抢着回答："跟我回家，他弟弟还在我家灵堂躺着，明天他们哥俩一起出殡。"

傻大一点不沉，我爸脱下褂子，给傻大把涨得紫红的脑袋蒙好，又拿来大床单，就是晚上给傻大剪头发用的那块，把傻大尸体捆绑结实，一步一步背回了家。我爸说他做了一辈子大了，送走无数人。无数的白事让他明白：有些苦难在一个人出生前已经写好。经过傻大的死亡，我爸坦然接受了命运的安排，觉得做一个傻子也好做一个大了也好，做好应该做的，就好。平淡地生平静地死，就很好。

院子里又来了很多人围观，兄弟两人一起办白事，这事儿确实少有。傻二的床板就是家里的一扇门，不可能放下两个人。爷爷让邻居帮忙，又把院子的另一扇大门卸下来，找邻居借了几个板凳，把傻大先放在门板上。

我爸对爷爷说了，昨晚上傻大说的话，算是最后的遗嘱。爷爷抽着烟说："傻大仁义，这是不想再麻烦咱们，可能对于傻大来说，死了去帮助弟弟，才是他最想做的事情……"爷爷抽完烟，对着我爸说："傻大不能走得太寒酸，我去趟寿衣店，把该买的都买回来。"

第二天出殡，晚上我爸自己一个人守两个人的灵，傻大傻二安安静静躺在一起。我爸记得傻大说过的话："我和傻二都不知道自己的爹是谁，甚至不知道我们两个是不是同一个爹。傻二从小就只认我这个没用的哥哥，我又当爹又当妈。大哥，我总觉得老天爷不让我和傻二一样傻，就是为了让我照顾他。你说呢大了哥，是不是这个理儿？"

那天晚上，我爸还想起傻大说的很多话。我爸突然想起自己死去的一个哥哥和一个妹妹，一个活了一岁多，另一个刚出生不到一个月就死了。我爸出生的时候是早产，出生时手指甲都没来得及长出来，可好歹是活下来了。看着傻大傻二，我爸在心里暗暗地许愿："一起走也好，彼此相互有个照应，如果真的有来生，希望你们还是亲兄弟。"

傻大和傻二的骨灰最后被我爸撒在他第一次遇到他们的海河边上。撒骨灰的那天，我爸是一个人去的。风很大，骨灰抓在手里，只要张开手，风几下就吹得无影无踪。我爸想到傻大最后一晚吃饺子，也是这样，用手抓起的饺子一眨眼就不见了。

我爸说，那天风很快吃净了傻大和傻二的骨灰，耳边却好像听到鸭子"嘎嘎"的叫声，和那年傻二的笑声，竟然一模一样，活见鬼了。

屌 叔

1

说屌叔的白事之前，必须要说说屌叔的三个儿子。

大儿子大刚是个风水先生，平时靠给人算命养家糊口，谁家孩子吓着，谁家看个八字风水什么的，都会找他。二儿子大智是教语文的老师，也是党员，他不相信什么鬼呀神的。小儿子大头曾经是个地痞混混，因为打架坐了几年牢，出狱以后变了一个人似的，有了自己的口头语，每句话前都要说一句："阿弥陀佛"。

屌叔的老婆在生下大头几个月就跟人跑啦，到底跟谁跑的，屌叔到死也不知道，刚跑那两年，有次屌叔喝多了问喝酒的几个男人："屌的！你们觉得大头像我嘛？我总觉得他不是我屌的儿子……"

屌叔说的每一句话都离不开"屌"这个字，有人问他："您吃了嘛？"屌叔没吃会说："吃个屌啊？还没吃呢！"如果吃了他会说："屌的！吃过啦！"

因为这个口头语，屌叔被人狠狠打过一次。挨打那会儿，屌叔很年轻，那个时候胡同都喊屌叔为屌哥。

打屌叔的是个东北大汉，大汉很客气地问屌叔："麻烦问个事儿，新华路怎么走？"屌叔热心手指西方说："你顺着这条屌路，一直往前屌，屌到头再往北屌，然后屌不了二百米，你屌的就到啦！"大汉听完两眼瞪得溜圆，屌叔以为大汉没有听明白，又耐心说了一遍，第二遍还没有说完，屌叔感觉一个拳头狠狠打在脸上，嘴里同时有了东西，他下意识吐在手里一看，是一颗牙。屌叔看着带血的牙，也不还手，只是不理解地问大汉："你屌的为嘛打我？你屌有病吧？"大汉又是一拳，一边打一边愤怒地喊："我让你骂！让你骂我！"路人围观拉架，听明白的人都纷纷安慰屌叔说："这个同志，你骂人是不对的！"屌叔急啦，比挨打还委屈，大喊着说："屌！我没有骂人！他屌的，上来就打我，我屌！真是好心没好报！"直到最后进了派出所，和警察讲述案情经过，也是一句一"屌"。直到走出派出所他也不明白，东北大汉为什么要打他。

屌叔和我爷爷是同辈人，屌叔的三个儿子年纪和我爸差不多，我爸说："屌叔很有风度，有点像电影演员葛优。"我一听都听乐了，坏笑着对我爸说："您快拉倒吧！葛优叫有风度？求您放过我葛优大爷吧！"我爸发了一会儿呆继续说："屌叔一辈子不容易啊……孤单一人，辛苦拉扯着三个儿子长大成人。"

屌叔是得急病死的，晚上大半夜突然口吐白沫犯了冠心病。屌叔大儿子大刚已经结婚不在家住，剩下两个儿子不知道怎么办才好，那个时候也没个电话拨打120，兄弟二人就决定轮着背屌叔去医院。

两个人背着父亲走了一个多小时来到医院，屌叔早已经断了气。值班医生无奈地摇摇头，很平静地对他们说："是心脏病，人已经去世，你们不要太难过。"兄弟两个人相互看看，又连夜把屄叔背回了家。

在回来的路上，大头背着父亲一路上不停念着："阿弥陀佛，阿弥陀佛，阿弥陀佛……"大智走在大头旁边说："你让咱爸静静，别念啦，行嘛？"

我爸还记得大智去我们家敲门的时间是凌晨三点三十五分，因为门敲得太响，我那个时候才一岁，吓得大哭，我爸一着急把枕头边结婚时候买的手表摔在地上，手表的表针停在三点三十五分，一动不动。我爸孝顺不让爷爷去，他自己穿上衣服跟着大智去了屄叔家。

屄叔家住的房子靠近海河边，半夜起了雾，胡同里没路灯，黑灯瞎火漆黑一片，大智走着走着突然一个没站稳摔了一跤，我爸扶他起来。大智突然大声唱："起来！不愿做奴隶的人们！把我们的血肉筑成我们新的长城……"他没头没脑地来了这么一句，真把我爸吓了一跳，不仅我爸，胡同里的狗也一起狂叫不止。等狗不叫了，大智问我爸："大了，你相信这个世界有鬼吗？

我是党员！我不怕鬼！但我想知道，这个世界到底有没有鬼？”

他把我爸问乐了，我爸低头看着地深一脚浅一脚地向前走：“心里有鬼，这个世界就有鬼！心里没有鬼，这个世界就没鬼！有鬼没鬼，鬼说了不算，人说了算，所以人比鬼大。”我爸像说绕口令，又像说了一段相声的贯口。

大智听完若有所思点点头，不说话又接着唱：“中华民族到了最危险的时候……”我爸和我说，大智唱得特别好，每一句甚至每一个字都带着力量。到了屌叔家，我爸和大智两个人是唱着歌走进的院子，进了屋子一直到看到屌叔的遗体，才都闭上嘴。

屋子里黑着灯，大头没有哭，可眼里全是眼泪，在漆黑的屋子里显得特别明亮。

我爸问大头：“为嘛不点灯？”

大头站在床边看着屌叔的脸说：“阿弥陀佛！我们活人怕黑，死人的魂魄应该怕光吧？”

我爸低头看了一眼屌叔："你不开灯，黑漆嘛糊的什么都看不清，我也没法儿干活啊……这个时候不仅屋子里二十四小时要开着灯，院子门口都要点上一盏长明灯！点长明灯是为了给你爸引路用的，灯火通明才最好，你爸的魂才不会迷路。还有现在是半夜，等天亮之前我把你爸整理好，你们看看给谁报丧，天一亮赶紧就去。"

大头问我爸："阿弥陀佛！大了师傅，长明灯你是听谁说的？"

"长明灯也叫长命灯，人死了如果真的有魂儿，看见灯光至少应该不怎么害怕吧？光有安抚人心灵的作用，跟安抚魂魄意思差不多。这事不是听谁说的，白事一直就是这么办的，老例儿一代一代传下来。好了咱先不聊这个，我还得赶紧给你爸净身呢。"我爸担心哭丧的人来得早，屌叔还没有入殓，所以心里急。

大头点头算是同意了，把家里所有的灯打开，我爸开始给屌叔净身，刚开始没一会儿，大智把他哥大刚叫了回来，大刚一进屋子立刻对我爸严厉地说："大了！你快住手！"我爸手拿着毛巾，正给屌叔擦着上身，听大刚一喊，赶紧停住，等他走近才小声地问："怎么了？我做错嘛了？"

大刚并没有回答我爸的问题。只见他手里拿着一个黄色的小包袱，把小包袱在桌子上打开，从里面拿出一沓黄纸，一个红色的小玻璃瓶，一个透明的大玻璃瓶，最后是一个很小的白碗。大刚不慌不忙，跟化学老师一样，碗里先倒上半碗红色粉末，又从透明的大玻璃瓶里倒出半瓶子液体，用一根手指搅拌，顿时屋子里全是酒味。

搅拌均匀，大刚拿出一张黄纸，嘴里念念有词，用手指蘸着红水，往黄纸上开始写符，他写得龙飞凤舞，看得我爸眼花缭乱。写完，大刚又从包袱里拿出一个大一号的碗，我爸说大刚的小包袱简直跟变魔术的百宝箱似的，动作也像变魔术。

他把写满符的黄纸卷成一个卷，不慌不忙地从口袋里摸出一个打火机，把黄纸卷点着了，点着以后嘴里念念有词，黄纸烧到一大半儿，大刚把燃烧的黄纸丢进大碗里，眼睛眯成一条缝，死死盯着碗看，一直到碗里的黄纸全都变成烟灰儿，他才长长地吐出一口气。

大刚端起碗放在眼睛前一寸的地方，认真端详良久，对着他的两个弟弟一板一眼道："大智大头，你们过来看！这里像不像一张脸，这里是眼睛，看！这里是嘴和鼻子，这是耳朵，看看！连眉毛都有！这张脸就是咱爸，你们看咱爸是不是在哭？"

兄弟三个人围着一个烧纸灰碗，把眼贴在碗边儿上看。我爸实在好奇，也走过去。可怎么看也看不出大刚说的鼻子眼睛，不仅我爸没有看出来，大智和大头也看不出嘛来。

大智把碗一推："哥，咱别闹啊，说的脸在哪儿呢？你这都是迷信！我是党员，我不信这个。"

大头说话简单粗暴很直接，所以也就更伤人："阿弥陀佛！哥你入魔道啦，你这就是走火入魔的一种！你要相信佛法，不要相信这些歪门邪道！放下破碗，立地成佛，阿弥陀佛！"

大刚放下碗看着屌叔，用手轻轻抚摸父亲的额头、肚子和脚心，随后自言自语："你们没有开天眼，肯定看不出来，咱爸没有走远！"说着他突然一转身看着西面墙角，用很温和的声音问："爸！我就知道您不放心我们三兄弟，还没有走吧？没走就对啦，来坐这里，他们看不见您有什么话和我说，慢慢说……别急！"

我爸当年还是一位年轻的大了，大晚上的，突听大刚一惊一乍地说了这么一句，感到后背一阵发凉，下意识低头看着净身一半的屌叔遗体，傻站着也不知道该怎么办才好。

"哥！你别神神道道的行嘛？你是不是鬼故事看多啦？赶紧的！再耽误耽误天都快亮了！"大智着急。

大头不说话，只是嘴里不停念叨着："阿弥陀佛！阿弥陀佛……"大刚朝西面墙走过去，一只胳膊伸得老长，一只胳膊用力举着什么，走得很慢，一步一步，好像他怀里真搂着一个人，走到桌子旁边坐下来。大智还要说点什么，我爸抓住大智的胳膊，把他拉到院子。

大智正要跟我爸急眼，我爸赶紧安慰说："你先别急眼，你不信还不让你哥信，反正也不急这一会儿，如果你哥真能看见你爸，让他们说说话，也不是嘛坏事，你说是不是？"

2

我爸和大智两个大男人，大半夜傻站在院子里，我爸抽着烟，大智不会抽，他不知道该干吗，就抬头看着天，看了一会儿，又不放心他爸，扶着门框站在门口往里看。我爸也好奇，大刚到底和屌叔说了什么呢？大刚说话声音太小，说的什么根本听不清，再加上大头不停大声念叨着"阿弥陀佛"，只能听见大头的声音。我爸爸两个耳朵竖得像两根天线，模模糊糊地听见大刚的声音："爸，你放心，嗯，好的……明白……我知道！"声音突然变大："大智！大头！你们过来，咱爸有话跟你俩说！"

"哥，你是鬼翻译呀？你别以为我们都是傻子，玩的这一出真当我不知道？你不就惦记着咱爸那点儿钱吗？"大智走过去，拍着桌子，力量大得把桌子上放烧纸灰的碗直接拍倒了，烧纸灰撒了一桌子。

大刚一点不急，反倒问大头："大头，你嘛意思？咱爸真有话对咱哥儿仨说……"大头念着经闭着眼，此时慢慢睁开眼，看着屌叔的遗体，一个字儿一个字儿地说："阿弥陀佛！哥，老虎不发威，你真当我是病猫不成？我现在出门不出十分钟就能码一群兄弟，废你一条胳膊一条腿儿，玩儿一样……打你个植物人也有可能！哥你真想要咱爸那点钱你就直说，别他妈磨磨叽叽的，跟我在这儿装神弄鬼！"

我爸听得心惊肉跳，眼看哥儿仨就要开打，屌叔还光着膀子等着净身。白事上有个忌讳，不怕诈尸，就怕闹丧！闹丧啊就是说，人死以后死者家属，因为各种原因在白事上打架闹事，这是对死者最大的不尊重！

　　虽然大家都说死人死了，什么也不知道，可我爸说，在他经办几家闹丧的，后来闹丧的那几个人也都没有过上好日子，不是暴死就是暴病，无一例外。我爸说得轻松，听得我不受控制地打了一个激灵，全身跟着一缩，以后去给死人办白事，心里更多了一份敬畏。

　　大刚不愧为大哥，两个弟弟指着鼻子骂他，他愣是一点没急，不仅不急，还面无表情，只有嘴一动一动地说："屌！我看你们两个谁敢动大刚一根屌毛？我让他跟我一块走！不相信大刚就是不相信我，我屌！非要我站出来说话，你们才老实？都别闹，都听我说！"

　　顿时屋子里一片安静！我爸感觉两条腿特软，没什么力气，看到身边有把椅子，一屁股坐下。坐的高度正好可以平视屌叔的遗体，屌叔的头被我爸用一件褂子盖着，但两个胳膊露在外面，靠近床边的胳膊不知道什么时候耷拉在床外。我爸说以前的床都高，屌叔的胳膊好像挂在床沿边，手不是自然张开的而是半握着拳头。我爸觉得脑子里一片空白，拼命回忆刚才给屌叔净身的时候，屌叔的手是不是也是这样。

　　大刚说完，所有人都没说话，屋子里安静得吓人，我爸看完屌叔的手，转头看看大智和大头，看到他们两个死死地盯着大刚看，两个人的眼睛像是鱼死了很久的眼珠，不是黑的而是灰黑色的，尤其大头眼珠儿周围还布满了很细的红色，眼珠子跟刻在眼眶里似的，一动不动！

　　大刚停了几秒钟，头微微向左看了一眼，僵硬地伸出一只手指着屌叔的遗体说："屌的！你们三个知道闹丧，怎么不知道管管我？我屌的！我死得突然，很多事没有来得及和你们哥儿仨说，现在我抓紧说……大头，你不是我亲生的儿子，是你妈和一个野男人生的！一直不告诉你是怕你伤心，但我一直当你是亲生儿子一样对待……"下面应该还有很多话要说，但刚说的这些话，已经让大智和我爸听得目瞪口呆，他们两个都用眼角的余光悄悄看着大头。

　　大头突然笑了一下，手闪电一般伸向桌子上大刚一进门勾兑的那一小碗红色粉末和白酒搅拌在一起的"红酒"，狠狠泼向大刚面无表情的脸。大刚没想到大头来了这么一下子，"红酒"进到了眼睛里，大刚两只手马上捂住眼睛"啊啊"地大叫，说时迟那时快，大头泼完"红酒"，身体借着泼的力灵活地往前一步又轻轻一蹦，把手里拿着的小白碗狠狠往大刚头上一砸，白碗"啪"的一声响，在大刚的头顶粉碎，如同一个白色的鸡蛋碰到了石头，大刚的脑袋顿时鲜血直流。大刚用手一抹，满脸通红！整个脑袋成了一个血脑袋，"红酒"的红和脑袋流出的血，混合成了一种恐怖的红！大刚不仅脸红眼睛更红，整个人如同一个血人，恐怖至极！

大刚疯了一般捂着眼睛，很快改成两只手捂着头，慌了神儿地满屋子找东西，一眼看到桌子上的透明酒瓶子，抄起酒瓶子冲向大头。这个时候大智和我爸才反应过来，他俩像从梦里刚醒过来一般，又清醒又迷糊。大智死死握住大刚拿酒瓶子的手，我爸更直接从背后抱住大刚的腰。

这时天亮了，很多只公鸡一嗓子接着一嗓子声嘶力竭地叫，好像一个人在尖声哭丧。

把兄弟二人拉开，大智找出家里的纱布，把烟灰缸里的烟灰往大刚脑袋上一倒，一圈一圈包扎脑袋，把大刚的脑袋包成一个大粽子，跟扣了一顶孝帽一样。大刚整张脸肿得大了一号，眼睛肿得更严重，成了两条缝。他脸朝着大头的方向，好像随时都要发起攻击的猛兽，呼哧呼哧喘着粗气。大智坐在大刚旁边看着以防他突然偷袭反攻。大头则不慌不忙，闭着眼，嘴里念念有词："阿弥陀佛……打你其实是佛祖他老人家看不下去，才让我出手教育你。"

我爸说，当时看似很安静的屋子，空气里却充满了浓浓的火药味，随时都有可能发生一场更为凶险的闹丧。我爸知道屌叔的死注定不是一场简单的白事，怕自己应付不了，想请我爷爷来，就来到大智旁边小声说："我回家一趟，取点东西马上回来，你一个人行嘛？"大智人很实在，也小声回答我爸："我一个人不行！大了！你可不能走！一会儿再打起来，出了人命可怎么办？我们家一天不能死两个人啊……"

　　大智说完，大刚突然又活过来似的，忽地一下站起来："让大了走！ 咱爸的白事，有我一个人足够啦！"说着他抄起桌子上的白酒瓶子，好像一个醉汉，摇晃着走向屌叔。我爸的心都提到嗓子眼，赶忙走过去扶着。大刚走到屌叔尸体前，突然身子一矮，给屌叔跪下哭着说："爸！ 您老安心走吧…… 您这一辈子不容易，儿子我心里都知道，白事您放心！ 我保证一定给您办得风风光光！ 爸爸啊……"眼泪从眼睛缝里流下来，在通红的脸上冲出两条道，说完他直接坐在地上，一扬脖子"咕咚咕咚"喝了好几口酒。

　　大刚哭得太伤心，我爸听得又太投入，没有发现门口站着一个人，只觉得门口的光被什么挡住，回头一看原来是爷爷，我爸一颗悬着的心才算是落了地。爷爷走到我爸身边小声问："我一夜没放心，过来看看，这是怎么啦？"我爸把爷爷拉到院子里，把事情从头到尾简单说了一遍，爷爷听完，摸着长胡子想了一会儿，走进屋里，来到桌子边，对屌叔的三个儿子说："你们都过来！我虽然是大了，但和你爸也熟，也是看着你们长大的，算是你们的长辈，现在你们爸不在了，我们商量一下接下来的白事应该怎么办。眼下还有什么事情能有你们爸的白事重要？听我的，都别闹啦！都过来……"

我爸和大智两个人把大刚从地上扶起来，拖着他在椅子上坐下。大刚不仅脑袋，整个人都变成了一个"大红人"，晚上黑不怎么觉得红，坐在桌子前被阳光一照，整个人就像是动画片里的红毛怪，红得刺眼。大头的脸不知道是一夜没有睡觉还是生气气的，比白纸还白，他很慢地走到桌子前也坐下。大智坐在大刚和大头的中间，他这一夜也不容易，脸色好像死了十几个小时的死人那么蜡黄。我爷爷坐在他们兄弟的对面，分别看着红黄白三张不同颜色的脸，三张脸摆一块像戏班里出来的。

3

大智第一个说："我听大了的！您说怎么办？"

大刚被打了脑袋，整张脸肿着，说话吐字有点不清楚，但脑子没有被打坏，他立刻反对说："我不同意！咱爸的丧事由我来办，请什么大了，我一个人可以！谁也不用！"

我爷爷看着大头，大头阴着一张脸，小眼睛发出吓人的光，瞥了大刚一眼，冷冷地说："阿弥陀佛！凭嘛你给咱爸办白事？你以为咱爸就你这一个儿子？你如果能办，我也能！"

大头话都说到这份儿上，大智的脸突然一下子涨得通红，转头看了一眼屌叔的遗体，不甘示弱地说："能能能，我也能！"

爷爷不愧是老大了，听他们三个人说完，低着头想了一分钟，抬头的时候已经想出了办法："白事是这样，一般是三天但也分大小。如果在凌晨十二点前去世算为一天，与后面两天加在一起是小三天，十二点以后算一天，加上后面两天为大三天，不知道你们的父亲是什么时间去世的呢？"

大智想了想说："其实我们也不太清楚，我和大头背着我爸去医院的时候还没有死，到了医院医生说死亡的时候，已经过了十二点，应该是您说的大三天。"

"好！既然是大三天，我想不如你们兄弟三个人，一人一天给你们的爸爸办白事，每个人当一天大了！但是咱们先说好喽，每个人办白事的时候，另外两个人不能有意见！我呢，也不离开，白事当中你们谁有不明白的也可以随时问我，你们觉得怎么样？"

大刚说："我同意！就按照大了师傅说的办！但是我是老大，第一天由我来办！"

爷爷很严肃地看着大智和大头，等着他们两个人点头。这时与其说我爷爷是个大了，不如说更像个白事法官。大智随和地点点头："我同意！我是老二，第二天我来！"

大头本来就是个混混，出了监狱又信佛以后，人成熟了不少，虽然手底下还有不少兄弟，但不再整天打打杀杀，有了一颗慈悲之心。他看两个哥哥都同意，没再说什么，只是双手合十对爷爷说："阿弥陀佛！ 感谢师傅！"

屌叔白事第一天，大刚正式接手大了工作以后，引来胡同一半的邻居。我爸说："那场面可以用盛况空前来形容，参观，不对，应该说是来围观的人数，超过露天电影和过节放烟花的人！ 你就想去吧！ 就连屌叔家院子里的那棵大槐树上都站了好几个人。"

可能大刚不是专业的大了，但却是专业的风水先生。他对给屌叔入殓这块丝毫不在意，把心思都放在怎么拯救父亲的魂魄上。

这一回他不用碗，找了一个挺大的洗脸盆，把红色粉末全部倒进盆里，可能是没有太多的酒，大刚改用了凉水。第一步他先把盆里的红水搅和均匀，屌叔的头被放进盆里洗涮了几下，然后是手脚，耳朵眼鼻子眼肚脐眼屁眼 …… 只要人身体里有眼的部位，都用棉花蘸上红水堵住封好，封堵的时候，大刚还小声念叨着，像念经又有点像唱歌：

人生在世称英勇；

人死如同一梦中。

人到百岁终难留；

人过万载不回头。

忍辱吹泡随风化；

人似雪霜见日融。

人老古来留不住；

人争闲气一场空。

……

最后把屌叔全身都用手抹上红水，着重抹了胳肢窝大腿根的位置，抹这些地方的时候，大刚大声训斥着喊：“出来！统统给我滚出来！”好像这些地方隐藏着恶鬼，只有大刚能看到它们，并且只有他能驱赶消灭。大刚带来的一沓黄纸一张也没有浪费，全都贴在屌叔的身上。屌叔赤身裸体，全身被涂成红色贴满黄纸，还是那种很小一张的黄纸，我爷爷和我爸很是震惊，以为大刚会给屌叔穿上点衣服，哪怕是穿件背心呢，最后什么也没有穿。

最后大刚不知道从什么地方找了一条大床单给屌叔盖上，入殓就这样结束了。我爸在一旁实在看不下去，对大刚说："我说 …… 这样可不行啊！"没有想到大刚对死亡已经上升到魔怔的程度，脸更肿了，好像一个特大号红南瓜，鼻子眼睛像是特大南瓜上的几个疤，看着同样被他涂抹一红的屌叔尸体说："我爸不是心脏病死的，是被一个恶鬼缠上了身，这个鬼还在我爸身体里，我就不信我赶不出来它！"

我爸用同情的目光看了屌叔一眼，不再说话，可心里觉得特别没底儿，觉得要发生什么事情，心慌得难受。这个时候已经接近中午，大刚如同一个奇怪的武疯子，把桌子收拾干净放在院子中央，又一把抱起屌叔放到桌子上，用大布单盖上屌叔。

桌子是最老式的方桌，不是很大，屌叔被平躺着放在桌子上，腿耷拉在桌子外面，被布单子盖得严严实实。大刚在院子里围着屉叔的尸体，念念有词地跳起了舞蹈。头顶着大白帽子一样的纱布，走两步蹦起来跳一小步，唱的声音一会儿大一会儿小，活脱脱一个唱戏的小丑。

本来院子的门是开着的，胡同的邻居只有很少几个人站在院子门口往里看看，他们不知道发生了什么。后来聚集的人越来越多，看热闹的人们竟然把大刚和桌子上的屉叔围成一个圈，默默看着，不知道这到底唱的是哪出戏，更不知道桌子上面用布盖着的到底是什么，但谁也不敢打开单子看，都跟看戏的一样，看着大刚边跳边唱，根本不知道屉叔家死了人，而且死的人就是屉叔，尸体就在桌子上。

我爸说："还好那个时候，大智和大头都不在家，爷爷让他们两个去给亲戚们报丧，要不看到大刚这样给屉叔办白事，非气昏过去不成。"

爷爷实在看不下去，叹口气回家了，剩下我爸一个人站在屋子里，看着一院子的人，想着大刚下面要怎么收场，想着后面他还要做出什么疯狂的事情。想到这儿，一个可怕的念头在我爸的脑子里一闪，吓得他出了一头的汗。

几分钟以后，吓我爸一头汗的念头变成了现实。大刚跳唱着，慢慢走向桌子，好像是一个魔术师走向自己的道具，围观的人们都跟着紧张起来，屏住呼吸等待着发生点什么。我爸后来说，如果他看见大刚走向桌子，他一定会阻止，但是围观的人太多，我爸根本看不见围在人群中间的大刚。

就好像魔术师做最后的高潮表演般，大刚大喊了一句："死鬼，你给我出来！给我滚出来！"在说完最后一个字"来"以后，一把掀开大布单子，一个干瘦、全身上下通红、被贴满黄纸的小老头，一动不动。我估计这一幕比恐怖片还惊悚，会成为围观邻居很多人晚上一闭眼就闪现的噩梦。

揭开单子五秒钟，人们都很安静，过了五秒以后，围观的人群里有人发出了"啊"的一声，我爸听见声音惊得一抬头，只看到槐树上的几个人，同时跳下来。那么多人同时跑向院子门口，不知道谁把桌子撞倒了，屌叔瞬间摔在地上。我爸只听见大刚失声喊着："你们看着点啊！别踩我爸！别踩啊！大了！大了！快来帮忙！我爸要被踩死啦！"

两分钟，不到两分钟，一院子的人全都跑光了，只剩下躺在地上的屌叔遗体，和坐在地上狼狈的大刚。

以我从小到大对逝者家属的观察，他们只分为两种，害怕和极度害怕。我知道会有人质疑"难道就没有不怕的？"，有，但真的很少，大多和他们的职业有关，不是护士、医生就是法医，所以我没算在内，也就忽略不计。

平时与家属们聊天，我总会好奇地问："您为什么害怕尸体？去世了不还是您的家人吗？"

他们回答也都差不多，什么"我怕诈尸""我怕我也变成死人""我怕鬼，人一死会变成鬼，躲在看不见的地方，多吓人"……后来我想明白了：哪怕不是尸体，生活中我们看到有人流血，心里也会跟着一起疼，甚至比自己流血还痛苦，更别提流血的是最亲近的人了。人们对所有尸体的恐惧，也是同样的道理，悲伤换成恐惧其实也还是悲伤。

还有一种原因：只有我们人类会害怕自己同类的尸体，那是因为我们会把所有的尸体想成自己，哪怕只有那么一秒的时间。一想到某天自己也会变成一动不动的"木头人"，只要智力正常的人，都会怕。

我爸说那天中午的阳光特别强，照得人睁不开眼。他看着屌叔和大刚，突然觉得特别不真实，好像自己是在做梦，因为只有在梦里，才能发生这么荒唐的白事。说实话，我对我爸讲的这段也充满怀疑，主要是怀疑大刚，难道大刚真的可以看到屌叔尸体里存在着一个恶鬼？还是说他本来精神有问题，就是一个精神病人呢？

第一天后面屌叔的白事还是大了接手的，大刚对我爸说："大了啊 …… 我爸身体里的外鬼已经被我赶走了，我驱魔的时候，进入完全自我的境界，根本没有看到院子里的人 …… 你相信我吗？"我爸只能点头，本来还想问问恶鬼长什么样，去了哪里，但都忍住收起好奇，只把大刚拉到屌叔身边，指着屌叔一身的红说："大刚哥，你那红色粉末到底是嘛？用水能擦掉么？"

"什么红色粉末，那是朱砂，对尸体有预防腐烂的作用，我用朱砂驱魔，大了你千万不要擦！要不恶鬼还要回来，我刚才做的法事可白做了，还要再做一回……"

4

屌叔白事第二天，我爸一大早赶到屌叔家，看见大智已经站在门口等着我爸："大了你可来啦。我有事出去一会儿，你帮我守灵。"

我爸还没有反应过来，大智已经走出了院子，我爸琢磨："家父去世，还有什么事情比这还重要？"大头本来就和屌叔生活在一起，我爸走进屋里，看到大头闭着眼睛，两手放在腿上，好像是睡着了。我爸不敢出声，找了把椅子坐下，安静守灵。

待了不大一会儿，来了一拨吊丧的，都是老邻居，也是平时和屌叔一起喝酒聊天的大爷们，七八个大爷排着队进来，我爸赶紧站起来，大头还继续闭着眼。

其中一个大爷看着真伤心，抹了抹眼泪对着屌叔的遗体说："老哥哥，你怎么说走就走？前两天咱哥俩还说好一块儿喝酒的，今天你怎么就走了呢？你说你身体多好，我们谁死也轮不上你，我们老哥几个知道以后，想着来看看你。陪你再喝两杯，就当是给你送行吧……"

我爸这才看见大爷们手里有拿着酒的，有拿着花生米、火腿肠的……看起来大爷们经常来屌叔家喝酒，好像到了自己家，把吃的喝的往桌子上一放，酒杯筷子很快摆好，和屌叔说话的大爷，还给屌叔留了个位置，摆上酒杯和筷子。酒倒满以后，几个大爷端着酒杯，走到屌叔的遗体旁，每个大爷都说了一句祝福的话，有的说："祝你一路顺风！"有的大爷说："祝我们来世还能一起喝酒！"其中一位大爷说得最好，他把酒杯高高举起："死算个屌！大不了一杯酒！都说什么一生一死见交情！让我说，一喝一瓶才见交情！嘛也不说，我先干啦！"一扬脖子，一口把一茶杯酒"咕咚咕咚"全喝光啦，喝完脸一紧，嘴闭上，好像下一个死的是他。

我爸看得有点担心："喝酒不怕，可都别喝醉啊……"大爷们光喝酒根本不吃菜，说的都是过去的事情，有个大爷看我爸傻站着，也招呼他坐下："大了师傅，来来来，别傻看着，你也过来坐！"我爸坐下，心里却十分想念大智："他这是去哪儿了，怎么还不回来？"

大智回来的时候，大爷们已经喝得说话磕磕巴巴的了，大智不是一个人回来，他身后跟着很多大爷，屋子里大爷太多，喝醉的新来的，一屋子满满当当，不知道的还以为是男澡堂子的更衣室。

大智风尘仆仆一脸的土，他灰头土脸却像是满屋子喝多的大爷们的头儿："对不起啊……我来得有点晚！今天是我爸白事的第二天，我给我爸办白事。我知道我爸一辈子没有什么爱好，就好喝一口，所以今天我把叔叔大爷们都请来，重新聚在一起，陪着我爸最后喝一回，如果我爸现在还活着，看见你们也会高兴的！"

　　我爸说开始听大智说完，他还挺感动的，但是很快就再也感动不起来了，因为喝醉的人都是魔鬼，何况还是一屋子喝醉的人！我爸大致数了数，开始来的八位大爷加上后来来的六位大爷，加在一起十四位大爷，全部喝醉了，十四个醉鬼每个人都醉得不一样。有骂街骂人的，有不停说话的，有满地撒尿的，还有找碴打架的……全乱套了，就是一整个疯人院也不会有当时场面混乱。

　　大头跟一座泥像似的，不管屋子里怎么乱，都一动不动闭着眼坐在那儿。大智明显没有想到事情会完全失去控制，他看看这个大爷，又劝劝那个大爷，但谁也不听他的啊……我爸什么也不担心，只担心有喝醉的大爷对屌叔的遗体动手动脚，因为我爸是大了，只管负责死去的人。

　　我爸对着大智喊："你请来的，你快送走！"大智急得快哭了："大了，你说得轻巧，这真是请神容易送神难，你看看！谁听我的？"

关键时候还是要说大头。只见他站起来，跟电影里的武侠高手一般，一个人同时能拉好几个醉鬼大爷，把大爷们都拉到院子外面，最后一个把大智也拉出去，关门的时候对大智说："阿弥陀佛！人都是你请来的，麻烦你再把他们都送回去吧！"说完把大门一关，又坐回原来的位置，闭上眼一动不动。

醉鬼大爷们在门口闹了很久才平静，大智晚上回来的时候咣咣砸门："我是大智！给我开门！"门是大头去开的，大智好像只剩下半条命的样子，进来没有说一句话，躺下五分钟就打起了呼噜。

第三天是出殡的日子。我爸已经做好足够的心理准备，但一大早到屌叔家还是惊到了，大头已经把屌叔五花大绑，看到我爸，语气很轻地说："阿弥陀佛！大了你来了，我已经等你很久了，我们可以走啦！"

我爸有点蒙："这是要去哪儿？"大头不说话，开始把屌叔跟他绑在一起，背起屌叔的大头好像个将军："阿弥陀佛！大了，当然是去火葬场！还能去哪里？"

　　大头一步一步背着屌叔去的火葬场，每走一步都会大喊一声："阿弥陀佛！"我爸跟在后面，一路上很多路人都围观，有人问大头："小师傅，你背的是什么？"

　　大头说："阿弥陀佛，我背的是父母佛。"

三大爷

当白事大了是要经过正式学习的，不是脑门一热想当就可以当。一般都是师父带徒弟，我爸和我爷爷学徒，正赶上三大爷去世，所以三大爷的白事，我爸从头到尾看个满眼。

三大爷有着顽强的求生意志，可以让他死而复生，在爷爷反复确认已经停止呼吸后，他老人家又直挺挺地坐了起来。

求生意志和怕死真不是一码事，我们大了不仅是白事师傅，还是半个郎中。判断一个垂死之人还有多长的寿命，也是我们的工作。

我爸也就是我的师父，他说看寿命他没什么经验，基本就是等。在等待的漫长时间里，他发现生病要去世的人一般有三种表现：

一种是越来越不好，整天昏迷什么都不知道，偶尔睁开眼不知道自己在哪里，谁也不认识，也有捯气一捯两三天去世的；第二种正相反，突然变得很精神，好像已经大病初愈，坐在床上谈笑风生。平时不能吃一口饭的，一下子吃很多；最后一种是知道自己快要去世，告诉家里人，想见谁谁谁或有什么贵重东西要交给谁，然后不睡觉不迷糊，闭着眼等着。如果都见到也都交代清楚，和所有人告白，身边人说的什么都清楚都明白，闭上眼睛几分钟以后去世。

最后一种人的死我觉得要有点修行，好像寺庙里的禅师，他们好像知道自己具体的死亡时间。

按照预期的死亡时刻，大家齐心协力穿好寿衣，放进冰棺，只差最后一步盖上冰棺的透明盖子。我是个敏感的大了，遇到这种情况，我都会替将要去世的人捏把汗："如果没有死，会不会太尴尬？"

气氛都烘托到这份儿上，说好要死，再活下去真的有些不太好意思。当然这都是我瞎想，死这个事情，将要死去的人说了他也不算。我听说有人在得知自己不久将要去世，在临终前一段时间会得一种心理疾病——死前焦虑症。我就遇到过一个患癌的老太太，她对我解释说："我不怕死，我怕死以后火化这件事，我怕疼。"

我爸说三大爷生命力太顽强，老人在生病期间曾开玩笑地说："我要学习孙猴咋（子），等我死了见到阎王，跟阎王小神好好喝两盅，说不定我和阎王爷成为战友，我求他让你们多活两年！哈哈……"我想，这就是传说中的笑对生死吧。

三大爷和我爷爷说："一个人的生命力顽强不顽强，其实还是自己说了算，就是控制自己的能力，对自己下狠手。我有过四天时间不吃不喝不睡的经历，靠着必须活下去的信念活下来，和我一起的战友，他们有去世的，但不是饿死的，都是困难吓死的。"三大爷说的话多少

会有一些吹牛，但我听过一个关于癌症的讲座，讲课的
大夫有句话倒是和三大爷说的有相同的地方，大夫说：
"60%以上的肿瘤病人都是被吓死的。"

三大爷年轻的时候当过兵，上过战场杀过鬼子。老
了以后，站一群老头堆里，也是鹤立鸡群，腰板还跟一
根棍似的倍儿直。站的姿势永远是标准的稍息或立正，
坐有坐姿，就连睡觉都是平躺着，腿都不会打个弯，活
脱脱一个死人的标准躺。

退伍以后他把部队上的管理用到家里，他们家的家
法很大，吃饭不能吧唧嘴，坐着不能抖腿。说话更是有
讲究，大人说话小孩不能插嘴……

家法第一条是服从，绝对的服从，服从三大爷一个
人。要知道天津的老爷们一般都怕老婆，有的老大爷跟
三大爷说自己的老婆如何厉害霸道不讲理，三大爷都会
摇着头说："这不胡扯嘛，天津老爷们要完蛋！"好像说
的不是老夫妻之间的家庭琐事，倒好像是上升到了国际
问题。

　　七十年代不像现在，想搬家跟过家家一样，想换个地方住就换个地方，那个年代的人们长期固定居住在一起，所以人们更在意自己在胡同里的名声。低头不见抬头见，谁不认识谁，谁不知道谁？住在一起几十年，谁家怎么样，谁都明镜似的。尤其搞对象，先要找熟人打听一番。三大爷比一般男人更要脸面，在胡同算是大伙儿民间公认的胡同长，相当于半个民事法官。

　　三大爷生病要死的消息一传出，人们有事没事总喜欢去看看他老人家。可偏偏三大爷越到老年越是人来欢，最后病得实在厉害，也努力睁开眼睛，看着人们点头，严重到不能点头的时候，就用眨眼的方式告诉前来看望的邻居，"哎 …… 我看见你了，知道你来看我，我还认识你，没糊涂"，这让邻居们更加感动。

　　爷爷和三大爷关系很好，三大爷活着的时候已经把后事交给爷爷。爷爷把三大爷当亲人，满口答应下来。每天爷爷都会带着我爸去三大爷家坐一会儿，三大娘整天忙乎招呼邻居，端茶倒水，好像是个茶馆的服务员。

把茶递到每个邻居的手里后，三大娘会坐下来，把昨天三大爷一整天的健康情况做一个大致的介绍。

"昨天晚上几乎是一宿没睡，他也不出声也不叫我，眼睛睁着，不管我什么时候醒了一看他，准睁着眼睛看着房顶，也不知道他想什么，问也不说。还好我已经习惯了，如果换一个不知道情况的人，冷不丁真能吓人一跳。"

邻居们手里端着热茶静静听着点头，三大娘看着躺在床上的老伴儿，没有担心，反而表现出知足和踏实："这两天早晨能喝点稀饭，这不嘛……大闺女送来他最喜欢吃的饺子，中午的时候吃了好几个呢，你说家里这整天人来人往，哪儿有时间给他包顿饺子。"

三大爷家有四个孩子，两个女孩两个男孩，四个孩子被三大爷训练得跟特种兵似的，爷爷说："只要咱国家打仗，三大爷家的四个孩子，拿起枪就能上战场。"

四个孩子都结婚了，条件是对象必须是军人，因为这四个孩子也都当过兵。家里只有三大娘一个是老百姓，据说年轻的时候，每天早晨起来大娘必须在自家的院子里做早操，围着院子"一二三四"跑圈。孩子们对三大爷好像士兵和将军的关系，上个厕所都要说"报告"。

孩子们来看望生病将要去世的爸爸，每次说话之前都要敬礼，三大爷能还礼的时候还礼，不能还礼的时候，会小声说："孩子们辛苦啦！"虽然说得不是很清楚，但能感觉到，三大爷是多么的幸福骄傲。

2

根据我爸做大了的经验看，三大爷是癌症去世的，具体什么癌说不好。三大爷从不去医院，不是因为怕花钱或是怕麻烦，他觉得病都可以不用吃药自己好，好不了的病去医院也是好不了。三大爷最后全身疼痛，人瘦得也只剩下一把骨头。四个子女轮流值班，无论早晚，都笔直地坐在父亲的床头，像极了士兵在执勤站岗。

一天半夜，三大爷家的大儿子"啪啪"拍家里的门，我爸跑出去开门，三大爷的大儿子着急地说："快！我爸要不行了。"说完转身就跑。爷爷和我爸赶紧穿上衣服，跑着到三大爷家。

家里三大娘急得不知道怎么办好，一会儿用热毛巾给三大爷擦脸和手，一会儿用冷水再擦一遍。爷爷静静摸了摸三大爷的脉，摸完后把三大爷的手放回被子里。三大爷睁开眼看看我们，对着爷爷说话，声音太弱，爷爷把耳朵贴在三大爷的嘴边听："我让大儿子喊他们都回来 …… 我要不行啦 ……"爷爷点头安慰地握着三大爷的手。

有经验的大了都知道，不论临终的人说什么，我们大了有没有听清楚，都会微微点头。我明白爷爷的点头绝不是敷衍，只是为了让三大爷走得安心且踏实。

这个时候不说话才是对的，因为不论说"您安心地走吧"，还是说"您老千万不要走啊"，都显得那么无力。陪伴不只是最长情的告白，到了一个人临终时，陪伴也是最长情的告别。

临终前紧紧握在一起的手，会让去世的人感觉他不是一个人，在死亡这条未知的道路上，有人在陪伴。我们大了默默担任了这样的角色，不知道其他的大了是什么感受，每次紧紧握住他们的手我都无比激动，像把一个知心好友送往外太空。

而每次当我看到他们已经平静地离开，把手松开时都像松开一只气球，放飞一只鸽子，又或是放开在天上飞着的美丽风筝……

有那么一瞬间我看着它们飞向遥远的天空，觉得心里空荡荡的，很快又感觉被什么说不清的感情填满了。

在很短的时间，三大爷的四个孩子带着他们各自的孩子都赶过来。几个孩子站成两排，都齐刷刷地向三大爷敬礼，三大爷从被子里把手拿出来，在三大娘的帮助下，还礼。

没有一个人哭，家里四个孩子都换上了军装，一个一个和父亲握手告别。三大爷微弱地说着什么，每个孩子也都趴在三大爷嘴边认真地听。

告别完毕，三大爷用手指向一个箱子，大娘从箱子里拿出一个包袱，打开是一套褪色的老军装。三大爷指着大儿子和小儿子说："你们两个给我穿上。"

爷爷和我爸，还有三大爷的两个儿子和三大娘，几个人很快给三大爷穿戴整齐，军帽戴好。三大爷用手又指向一个抽屉，大娘立刻明白，跑过去从抽屉里拿出一面小镜子，举着镜子让他看。三大爷看完很费力地说："胡……子……"

爷爷问："是要刮胡子吗？"三大爷微微点头。大娘开始找刮胡刀，刮胡子的艰巨任务交给了三大爷的小儿子，三大爷生病期间刮胡子的任务一直都是由他负责。我爸说："三大爷人太瘦，胡子不是谁都能刮的，真是一个技术活儿，可能一个不小心就能划出一个口子。"

胡子刮好以后，大娘又举着小镜子让三大爷看，这回他很满意，重新躺下后，开始指挥下一步，指了指爷爷又指大门，爷爷大声翻译："是要搭床板吧？"

三大爷点头，家里人开始行动起来，三大爷家的两个儿子实在厉害，我爸说比他都麻利，行动迅速面无表情像是要和死神开战，不到十分钟的时间，用大门搭好的床板，别提多结实了。三大爷看了看也不说话，爷爷多明白，对着我爸说："你躺上去给三大爷试试。"

我爸学徒时没少试躺床板，躺下去挺直身子一动不动，爷爷看三大爷又微微点头，才让我爸下来。

我忍不住好奇地问："您怎么没有让我试躺过？"

我爸看我一眼："现在都是冰棺，连大冬天也用，大了不用去家里叫，一个电话就能上门服务。死人也好，大了也好，都赶上科技发达的好时候，人们生活水平提高，就算是我们丧葬业，都能感受到，不仅活人生活在变好，死人的待遇都得到了改善。"

估计有不少人不明白这个"床板儿"，那我就简单说一嘴。"床板儿"也就是灵床，三大爷对"灵床"很满意，意味着可以把三大爷放到"灵床"上，这在白事上是有讲究的，叫"停丧"，停丧也有方位的规定，头按照男左女右停放。如果是男的，头朝着东脚朝着西，女的正相反，头朝着西脚朝着东。死者要求仰卧，两只手放在胸前。现在不用麻绳捆上手脚了，我爸说以前还要用麻绳捆上手和脚，捆得都要很严实才可以。

三大爷穿戴整齐，对着爷爷比画一番，爷爷成了三大爷专职翻译，立刻明白三大爷的意思，家里人多，大家一起动手把三大爷放在"灵床"上。

每个人都不说话，气氛很紧张压抑，三大爷家的亲属只要是晚辈都跪着，长辈站在"灵床"旁，所有人眼巴巴等着三大爷咽气。这回我没有打断我爸问东问西，因为我知道所有人围在"灵床"前等着，不是残忍而是白事的规矩，白事上去世的老人，在临去世的时候有子女守在身边，是尊严和体面的象征，也是中国传统孝道的表现。

爷爷随时过去摸一摸三大爷的脉搏，用一根手指轻轻放在鼻子前，观察呼吸，最后怕出现失误，把耳朵放在三大爷心脏的位置，认真听了一会儿，反复很多次，最后还把我爸喊过来，又教给我爸怎么确认人是否真的死亡。

爷爷作为一个行走白事江湖多年的老大了，最后特意看了看表宣布："三大爷去世，时间是八点三十二分。所有人听我的先不要哭！等'叫道'以后，大家再哭！"大家安静地跪着，有人用手捂着嘴默默地流眼泪。

爷爷把三大爷的大儿子喊过来说："你拿着家里的马勺，用力敲大门的上门框，一边敲一边喊：'爸爸！西天大道！走西天大道！'喊完把马勺丢上房顶，回来的时候脸朝着屋子外面，脚用力踏门槛！"

三大爷的大儿子怕出错，又把爷爷的话原封不动地背了一遍。爷爷说："没有错，就是这样！"转过头对屋里的人们说："等一会儿他回来，大家就可以哭了……"

按照爷爷说的，三大爷的大儿子都一一照做，用力踏门槛进屋。就在所有人都跪着大声尖叫："爸爸啊！爸爸喂！"的时候，三大爷慢慢睁开眼睛，又缓缓地坐起来，像梦游者似的，对着哭的人们敬礼……所有人都屏住了呼吸，仿佛连时间都静止了。

我爸本来站在三大爷脚的位置，眼看着他睁眼坐起来敬礼，又看见旁边人一动不动，像是被三大爷点了穴，仿佛谁乱动了一下，三大爷就会扑倒在谁的身上。爷爷不是第一个动的人，第一个动的人是三大娘，大娘哭着说："你睡醒啦？"

爷爷有经验，在白事上见过这样的情况。他走到三大爷跟前，因为"灵床"低，爷爷蹲下看着三大爷，握着他的手，还没有等爷爷说话，三大爷先和爷爷微弱地说："我太累……太累了！"

爷爷说："太累，就好好歇着！"跪在爷爷身后的人，小声议论说："诈尸，诈尸。"爷爷当没有听见。

3

爷爷我爸和三大爷家的四个孩子，几个人把大爷又抬回屋里的床上，我爸说，当时在场的还有很多邻居，看到三大爷死而复生都觉得是诈尸，几个人不离开躲在远处，小声地议论。

一个人活着的时候一天到晚担惊受怕，怕孩子们学坏，怕老公老婆出轨，怕单位领导不待见，怕生病，怕下岗，怕钱不够花……可人一死不用再怕，反倒是人们开始惧怕死去的人，更怕死人诈尸。

我笑着说："爸，您看得这么明白，活着还有意思吗？"

我爸不笑，很严肃："有意思啊，人活着就有意思。"

死亡可以带给人智慧，别管是谁，做几年大了，一张嘴都跟大禅师似的。尤其几位大了师傅坐在一起喝酒聊天吹牛，你就听吧，说出来的人生至理名言，包治百病。

三大爷回到床上，精神一下子好很多，不再躺着，可以倚着枕头被子半坐着。喝了几口水以后，三大爷说话清楚了很多，声音也大了不少："把这身衣服给我脱了吧……一时半时我也死不了。"爷爷帮着脱下来，三大娘又是热水冷水给大爷擦来擦去，好像大爷是块黑板，上上下下擦完，四个孩子一个一个站着队形，等候爸爸下一步的命令。

　　三大爷彻底闯过了鬼门关，看着自己的孩子们，他想了很久，才开始小声说话，每说一句大娘在旁边先听，然后再大声重复，让屋子里的人都能听见。大爷说："我一直在想一个问题，如果刚才我没有醒过来，你们要怎么给我办白事？本来不管你们怎么办，我都不会知道。现在，我又活过来，是不是就是老天爷给我一次机会，让我看到我的白事？"

　　大娘和复读机一样，重复完三大爷所有的话，眼神也迷糊，因为大爷家是部队制度，所以没有人敢问，都不说话。爷爷也有些蒙，以为三大爷刚醒过来，自己也不清楚自己在说什么，爷爷坐在他的床边问："你的意思是要看吗？观看自己的白事？"

　　三大爷重重地点头："对！我想看！为什么我的白事，我却看不到呢？现在我活过来，你们当我还死着，继续给我办。等我真的死了以后，不用再办一次，直接把我火化……我想看看自己的白事，这是我死前最后一个愿望！"大爷把话说得很坚决，就算我爷爷再见多识广也没有办过这样的白事，活人当观众，观看自己的葬礼？从古至今没有这样的情况啊……

爷爷对三大爷说："你先吃点东西，我和孩子们商量商量。"爷爷把大爷的四个子女叫出来，大家一字排开："你们怎么想的？"

大儿子说："我爸的要求在我们家是必须服从的，没有必要商量。"

二儿子说："我爸躺着继续装死肯定不行，他坚持不了，坐在旁边看也不合适，来吊孝的人肯定紧张，最好把我爸藏起来看，可藏在哪里呢？如果事后亲戚们发现受到欺骗，一定很生气。"

爷爷觉得他们说得都有道理，看着三大爷的两个女儿，她俩也不说话，爷爷说："你们也说说。"

大女儿说："我家有规定，男人说话的时候，女人不能说话。"

爷爷着急地说："说！现在让你们说，都什么时候啦，还重男轻女的封建破规定，早该取消！"

　　二女儿想想才敢说："我觉得还是不要瞒着亲戚们，去世的人的衣服不都叫作寿衣吗？我爸这个白事比较特殊，所以权当给我爸过了一个生日，跟亲戚们也这样说，他们也容易接受。"

　　大女儿立刻赞同："这是个好主意，大了师傅，白事上的规矩我们还按照规矩来，生日和白事一起办。"

　　爷爷也觉得这个主意不错，他又恢复了大了的指挥权，让大儿子找两个被子卷成卷，放在"灵床"上当尸体，用单子一蒙也看不出什么。三大爷喝了半碗稀粥以后，人看着更精神，好像病都好了似的，三大爷不满意地说："我躺在床上，看得见什么呀？把我抬到灵堂，我看得清楚。"

　　那天真是够热闹的，大家又找来三把椅子对接上，二儿子背着三大爷到灵堂，放在临时搭好的椅子床上，三大娘又给他盖上被子，把枕头垫在椅子背上。三大爷好像上朝的皇上，对着人们说："开始吧！我现在已经死啦！"

爷爷看大家都一动不动，着急地对大儿子说："把刚才做的再来一遍。"

大儿子恍如梦中，又突然醒来："马勺？我去找马勺！"爷爷看他真要上房去找丢在房顶的马勺，赶紧喊住："别找那个马勺，浪费一个马勺，不要啦！你去再找一个，实在没有，铲子也行。"

"哦哦哦 …… 好的！"大儿子很快拿着一个炒菜的铲子回来，用铲子用力敲击大门的上门框喊："爸爸！西天大道！走西天大道！"喊完又把铲子往房顶使劲一丢，脸朝着屋子外面脚用力踏门槛。大儿子第二次做果然熟练，动作连贯，好像体操运动员完成了一套标准的体操表演。他踏完门槛，走进屋子里，爷爷大喊："哭灵喽 ……"跪在地上的人们，这才开始哭。

老话说得没毛病："不见棺材不落泪"，不管生前多大的怨恨，只要一看见死人，眼泪掉下来，恨意也全无。三大爷一个大活人，坐在长椅上盖着被子，人们哭也没有眼泪，只是喊的声音更大："爸爸！爸爸啊 ……"我爸说，当时三大爷家的女儿还真都有眼泪，哭成泪人。可能是从小到大一直委屈，终于可以有机会哭，所以哭得特伤心。三大娘站在大爷身边，也用袖子擦眼泪，关键是三大爷也跟着哭，边哭还边说："我也不想死！"

参加三大爷白事的人越来越多，怕不知道具体情况的人在灵堂看到三大爷吓一跳，爷爷让三大爷的二女儿在院子门口做好解释工作。后来三大爷的朋友来，直接走到大爷面前说话："你最近身体挺好啊？家里人都好吗？"

三大爷一时间见到很多从前的老战友，他们穿着军装，戴着满身勋章，威严而肃静。三大爷很激动，忘记是在给自己办葬礼，死死握着战友的手颤抖地说："你们都来啦？我可想死你们啦！走，咱进屋说话。"于是二儿子又把三大爷背回里屋的床上。

"几位老伙计，咱们是见一面少一面啦，下回咱们有可能就在那边见了。"三大爷落了泪，"刚刚我差一点死了，可我心里不甘心，我还没见到你们，眼闭不上啊……"

其中一个战友,拍着三大爷的手说:"是啊,这几年,老战友都走得差不多了,就剩下咱们老几位,一年走一个,有可能一转身就是下辈子见喽。"战友们拥抱着,像年轻时在战场上打了胜仗一样,放声大笑。

4

毕竟不是真的白事,但来的人可能比三大爷真死来的人还要多。因为是给三大爷过生日,中午要吃面条。我爸看见三大爷家的大儿子几下子爬上房顶,把马勺和铲子都拿下来炒菜煮面条。人来得很多,外屋中间摆着两个棉被卷的"灵床",实在碍事。中午吃饭的时候,不知道谁,直接把棉被拿走,坐在小板凳上吃面条,很快,好端端的"灵床"变成了长饭桌,大家其乐融融聊天吃饭。

三大爷看着比爷爷精神气还好,身边坐了很多人,都笑呵呵地聊着天。我爸看见三大爷有好几次,笑得要喘不上气，三大娘坐在旁边使劲拍他的后背。

已经没有人记得这是一个白事，除了爷爷和我爸两个人。我爸吃着面条，觉得自己很多余，对爷爷说："我看三大爷再活几年都没问题。"

爷爷放下吃面的碗，眼睛看着不远处深思了一下："刚才我观察了一下，很像回光返照，应该不会很长时间……"

中午三大爷也累了，在床上睡觉。来吊孝的人也都陆续吃完面条回去了，大爷家的孩子留在棉被卷旁边守灵，累了一上午，守灵的人趴在棉被卷上睡觉。屋子里一片安静，那天阳光也好，我爸坐在椅子上也正打盹儿，突然被一声大喊吵醒，只见一个老大爷很气愤地站在灵堂中间，指着睡觉的人们说："不像话！太不像话！你们！你们……竟然趴在遗体上睡大觉！"

爷爷吃完午饭已经回家，院子门口负责解释工作的二女儿也给撤了。我爸心想："三大爷刚睡着，不能再被喊醒。"站起来拉着生气的老大爷往院子外走，可这位老大爷太生气，还一个劲地说："怎么可以睡在遗体上！"

我爸小声说："您老别生气，那不是遗体，是棉被卷！三大爷没有死，正在屋子里睡觉呢……您小声点！"我爸看老人还是不相信，拉着他走到"灵床"前掀开单子让他看了看，又拉着他走到里屋的门口，让他看看睡觉的三大爷。不看还好，看完老大爷更生气，气鼓鼓地说："你们！你们这不是拿我找乐嘛？逗我玩儿是嘛？"说完气呼呼地甩手走出院子，怎么喊都不回头。

这件事没有人敢告诉三大爷。

睡醒以后的三大爷找爷爷，爷爷不在，我爸走过去，三大爷对我爸说："一般白事都该做什么了？"

我爸想想说："该开光了。"

三大爷说："你正在学徒吧，会开光吗？给你一个练习的机会，你给我开光！"

我爸说："三大爷，我会开光，您放心，我已经给好几个人都开过光，没有任何问题。只是我……没有给棉被卷开过光，开光必须要有鼻子眼睛耳朵什么的，要不您给我找个娃娃？"

"那怎么行？找什么娃娃，给我开光，当然是我躺着，你就当我已经死啦！别紧张，我坚持不动，要多长时间？"

我爸说："时间不长，全程下来不出两分钟。您是在这里开呢，还是去'灵床'开？"

三大爷办事很认真："正式应该去'灵床'，我懂！"让二儿子背着他又回到灵堂，躺在"灵床"上。开光的都是家里的长女，一手拿着一个棉花团，一手端着一个小碗，碗里放入白酒，长女在大了的指引下开光，大了说一句，长女说一句。开光的顺序是：从头开始，眼睛鼻子嘴耳朵胸口右手左手，最后是右脚左脚。开光的时候还要念叨着："开眼光，眼观六路；开鼻光，闻花香；开嘴光，吃嘛嘛香；开耳光，耳听八方；开胸光，心亮堂；开右手光，写文章；开左手光，抓钱粮；开右脚光，踏莲花；开左脚光，奔西方。最后拿着小镜子从头到脚照一下，让死者看看，然后再把小镜子摔碎。

三大爷说一动不动，还真做到，大女儿拿着棉花球轻轻蘸了蘸白酒，点了两个眼睛，跟着我爸说："开眼光，眼观六路……"最后我爸拿着镜子让三大爷看了一下，再把镜子摔碎。我爸说，三大爷真不愧是当过兵的人，开光的时候，真感觉就是一个死人，闭着眼睛连眼球都是一动不动的。

摔完小镜子以后，我爸对着三大爷说："开光结束，您可以回屋了。"三大爷睁开眼，没有着急动，依旧躺着，躺了半天才说："不知道我死了以后，再睁开眼，还能不能看见你们？真希望还能看见你们啊……"说完哭了，样子像个委屈的孩子。

我忍不住问我爸："最后三大爷做完这个白事多久去世的？"

"半个月以后。在半个月里身体都很好，只是到最后两天才不好的。去世的那天是晚上，你爷爷没有着急办白事，足足等了一宿，确定三大爷不会再醒过来才宣布死亡的。"我爸很慢地说，不知道是累还是沉浸在回忆中。

我说:"最后一个问题! 三大爷真死以后,白事办了没有?"

我爸摇摇头:"没有,按照三大爷自己说的,没有办理白事,直接去火葬场开了一个追悼会。哦 …… 对了,在追悼会生气走的大爷也在,没有哭,只是站着看着三大爷的遗体,看了好半天。三大娘哭得最伤心,在追悼会上哭得昏死过去。"

突然听见我妈那屋,电视机里传来嘹亮的歌声:"向前! 向前! 向前! 我们的队伍向太阳,脚踏着祖国的大地,背负着民族的希望,我们是一支不可战胜的力量 ……"

听着歌,我和我爸都沉默了。我眼前闪过电影里看到的革命英雄,我猜三大爷一定和他的战友们,在天上会师了。

永强　永旺

1

永强和永旺是一对双胞胎，我至今还清楚地记得他们死的那天。

两个一模一样的人，躺在一起，我知道他们都死了，他们是跟我一起玩的小伙伴，我开始哭，不是因为害怕，是因为心里难受。他们死了，再也不会和我在一起弹球，不会一起说话，不会和我一起玩了。

我小时候家里没有手机电脑电视，就连收音机都没有，早晨一睁开眼，不知道什么是吃早点，脸都顾不得洗就往外跑。不只是我，那个时候家家小孩儿都这样。几个小伙伴天天在一块玩，饿了回家拿个馒头，啃着接着玩。

张永强是哥哥，弟弟叫张永旺。他们家和我们家住一排，中间只隔着两家，他们家大人早晨出去上班，天黑了也不见回来，没有人管他们。我们家虽然有爷爷奶奶管着我，可我也可以整天在外面疯玩。

做大了的突然之间多了，但去世的人却很少，经常一个月胡同里没有一个人去世。我爸做大了免费，做骨灰盒只收取一点手工费，不挣钱养活不了家。因为我爸手巧，就去船厂修船。我妈找了一份在冷冻场管仓库的活儿，早晚班来回倒着上，很是辛苦。

那年我七岁，永强和永旺哥俩跟我同岁。我记得很长一段时间，我们天天在一起玩，冬天最冷的时候，他们家不点炉子，我们家暖和，我们坐在奶奶的大炕上丢羊拐，比谁的玻璃球数量多，谁的玻璃球里的花瓣多。

夏天才是我们的天堂，天太热，胡同里的小孩儿都去门口海河里玩水，好像现在夏天我们回家洗澡一样，特别正常。小孩儿们都下河，只有永强不敢，如果有上辈子，他一定也是被淹死的，在他眼里河水是会吃人的怪物。

皮蛋儿和臭屁两个是我们胡同出名的"倒霉孩子"，他们经常欺负永强。那天一开始是皮蛋儿和臭屁他们把永强的裤衩扒下来，拉着他的腿往河里拽。永强"嗷嗷"地哭叫，最后吓得尿了。尿的时候，所有孩子都看见他的小鸡鸡收缩成一个圈，尿从小圈圈里流淌出来，孩子们安静地看他尿完，皮蛋儿（一个特别坏的小孩）大声说："胆小鬼！张永强是个胆小鬼！尿尿没有小鸡鸡！"

弟弟永旺去厕所拉屎，回来看见哥哥哭才知道被欺负了，永旺走到皮蛋儿跟前说："把裤衩还我！我哥不是胆小鬼！这就下水给你看看！"

永旺从皮蛋儿手里拿过裤衩对着永强说："哥！你别怕，我扶着你。"说着伸出手，想拉哥哥从地上起来。孩子们都看着，尤其皮蛋儿，喊着口号："胆小鬼！张永强是个胆小鬼！你们说，是不是？"很多小孩都跟着点头说："对！张永强就是个胆小鬼！"

永旺走到皮蛋儿跟前大声地说:"你胡说! 你再胡说,我打你!"皮蛋儿一点不怕,突然从永旺手里抢过裤衩,一下子丢进了河里,对着永旺说:"你哥如果能把裤衩捞上来穿上,我就把这些都给你!"皮蛋儿手里抓了满满一手的玻璃球,顿时我看见永旺的眼睛放出了光。

"好,你说话算话!"永旺看着皮蛋儿手里的玻璃球狠狠地说。

"不信我们拉钩!"皮蛋儿坏笑着说,当时我还小,不明白为什么皮蛋儿会一直坏笑,现在多少明白了一点,其实皮蛋儿心里清楚,不管怎么样,永强都不会下水。永旺心实,两个小孩伸出小手指头,钩在一起说:"拉钩上吊一百年不换! 你吐天,我吐地。"说完皮蛋儿和永旺两个人分别朝着天上和地下,各吐了一口唾沫。

不得不说,我是低估了永旺。他把自己的裤衩脱下来,给哥哥穿上,他光着屁股下河把哥哥的裤衩捞上来,然后自己穿上。皮蛋儿好像在看魔术,完全看傻了,最后看到他们兄弟两个人都穿上裤衩的时候,才知道自己上了永旺的当。

河边很多孩子都看着皮蛋儿，永旺说："把你手里的玻璃球给我吧！"皮蛋儿脸都气白了，愤怒冲昏了一个孩子的头脑，只见他举起手，使劲把手里的玻璃球丢进河里，大叫："想要，去河里自己找吧！"说完坏笑着走了。

永旺二话不说下河去找，河边的小孩呼啦都下了河，当然也包括我。我们所有人都在河里摸着找玻璃球的时候，谁也没有注意永强也下了河。

现在的小孩儿根本理解不了，当时一个小小玻璃球对我们的诱惑，如果让我们三天不吃饭，换三个玻璃球，所有的小孩儿都会选择用饭换球。等我无意间抬起头，看见永强的脑袋正往下沉，而且在距离我们很远的地方。我大声喊："永旺永旺！快看你哥！"永旺愣了一下，往永强的方向游去。

我们都吓傻了，只看着永旺一个人游过去，我脑子里不知道怎么想起奶奶对我说的话，平时觉得奶奶是唠叨，在永强慢慢沉下去的时候，奶奶好像就在我耳朵边说，一个字一个字特别清楚："你们啊就是不听话，每年夏天都有小孩儿淹死的。和你们说，你们别不相信，等哪天出了事儿，你们就算傻眼也晚啦！"

"完了完了，出事儿啦，永强淹死啦！"当时满脑子都是这个声音。天突然一下子黑了，黑得吓人，四周一片安静，河里几个小孩儿都害怕了，上了岸撒丫子就跑。我也跑了，但我是去找永强他们家大人，觉得只有大人可以救活永强。当时永强他妈在做饭，他爸正在和几个男人喝酒，我冲进大门，对着屋子里的人失了魂地喊："你们家永强掉河里啦！"

屋子里永强他爸跑出来，提着鞋问："在哪儿？在哪儿呢？"我转身就跑，后面跟着永强他爸和几个人。我以为会在岸上看到永旺把永强捞起来，可岸上没有看见他们，岸上一个人也没有，连一只鸟都没有。

我跑得说不出话，只是用手指着永强沉下去的位置，大人们一个一个跳进河，朝着我手指的位置游过去。很快有人抱着一个孩子上了岸，我想一定是永强，永旺哪里去了呢？有人用手电筒照着脸，我听见永强的妈妈跪在地上，大叫着："永旺啊！！永旺！"我不相信自己的耳朵，怎么会是永旺呢？很快又有人从河里托上来一个，放在永旺的尸体边，他们的妈妈这一次没有大叫，哑巴了一样，说不出话来，只张着嘴，一句话也说不出来，就这样老半天。

2

我记得那天晚上天黑漆漆的，一颗星星都没有。我傻站着，开始的时候站着哭，站累了蹲在永强永旺他们尸体边，看着他们抽抽地哭。我摸他们的手，冰凉，有点硬，像冬天稍稍开始发硬的馒头，颜色也像。突然我特别恶心，站起来跑到没有人的地方，蹲在地上吐了，吐的都是水。那个时候特别想妈妈和奶奶，想回家和她们说："以后我听话，再也不去河边玩了。"

很快我爸来了，他应该是刚下班，穿着很脏的工作服。我以为我爸要打我或者说我几句，但他没有，只是路过我的时候摸了我的头一下，我懂他的意思："别怕，都过去啦！"小时候每次我做了什么可怕的梦，醒过来哭的时候，他都会说这句话。

夜越来越深，来的人也越来越多。永强和永旺一动不动躺在河边，好像睡着了一样。他们的妈妈想抱着他们两个，可又抱不动两个孩子，抱一会儿永强的头，抱一会儿永旺的，也不哭也不闹，拍着他们的肩膀轻声细语地问："想妈妈了嘛？饿不饿啊？还想吃什么呀？妈妈回家给你们做……"

我蹲在旁边，听着心里难受，就开始不出声音地擦眼泪，永强妈看见我哭，对我小声说："你别难过，一会儿我就抱你……"我听了"哇"的一声哭出声儿来。旁边很多围观的人吓了一跳，后来有个围观的邻居王娘跟我奶奶说："黑着天，突然有个孩子哭，我们还以为双胞胎活了一个，仔细一看，还是您家的。"

那天胡同里只要在家的孩子，几乎都去了河边，警察挨家挨户去每个孩子家都问了一遍事情的经过。第一个问的是我，最后一个问的还是我。警察走的时候对永强哥俩的爹妈说："先给俩孩子办丧事吧……"警察走了，我爸坐在他们家，一直抽烟不说话。

永强和永旺，躺在他们平时睡觉的大炕上，我站在我爸旁边，看着他们的脚。永强前两天被石头砸中了右脚的大拇指，大拇指顿时变成紫的。我还记得当时永强疼得眼泪都掉了下来，永旺对着哥哥说："哥，我也砸一下，我们是双胞胎，什么都必须一样。"所以他们右脚的大拇指全是紫的。

他们尸体躺着的大炕，我们曾经无数次躺在上面打滚、跳跃、来回追着玩。大炕上坐着永强永旺哥俩的妈，她不哭不闹很安静，低着头说："兴许，他们一会儿能醒过来。谁说永强永旺死啦？中午还吃了两大碗面条呢……怎么天一黑就死了呢？"她不相信她的两个孩子突然之间死了，就坐在他们身边，等着他们醒过来。有两个大婶不停地劝说着："想哭就哭出来，自己要往开处想啊……"

"大了，你看两个孩子的白事要怎么办？"我爸到老的时候跟我说，他这一辈子最怕有人问他这句话："大了，您看这白事要怎么办？"我大概能明白，好像有个人最怕遇见火灾，但他还偏偏就是个消防员，我爸就需要不停面对这种无可奈何的尴尬。

我爸在白事上抽烟一般有两种情况，一种是遇到了麻烦难处理的事情，另一种是已经解决了麻烦难处理的事情。很明显，我爸当时抽烟是第一种，他不想说但又没有别的办法，只能说。他把男人们喊到院子里，三四个男人站成一个圈，我爸才轻声说："我是大了，据我所知，小孩子死是不办白事的……"

当时我也站在院子里，晚上静，我听得清清楚楚。"孩子死是不办白事的"，我在心里反复重复这句话，好像在念一个咒语。

"不办白事？为嘛我们小孩儿死不给办白事？就因为我们是小孩儿？"这一次我没有哭，坚定地对自己说，

"你们大人不给小孩儿办白事，那好！我是小孩儿，我给小孩儿办！我和永强永旺是好朋友，我当他们的大了！"

几个男人站在院子里，商量来商量去，长痛不如短痛，决定第二天早晨把永强和永旺拉走火化。他们商量的时候，没有一个男人想到问一下孩子妈妈的意见。

晚上我爸领着我回家，虽然永强家离着我们家只有几步远，但出了他们家的院子，我的倔驴脾气就犯了，忍了半天的眼泪，终于落下来，我哭得特别委屈，哭问我爸："小孩儿怎么就不能办白事啦？小孩儿不是人吗？永强永旺是我的好朋友，他们的白事你们不给办，我给办！"

我爸蹲下，也不给我擦眼泪，只是叹口气说："你还小，不懂，小孩儿死了不办白事，不是我说的，是规矩。"

"嘛规矩？谁定的破规矩？"我依旧不依不饶。

我爸表现出少有的耐心，继续温和地对我说："嘛规矩？白事规矩呗，老祖宗一辈一辈传下来的。不是什么破规矩，当然是有原因的。一个原因是小孩儿太小，爷爷奶奶姥姥姥爷可能都还活着，办白事怕他们伤心。还有一个原因，都说'人小鬼大'，小孩儿活着的时候，是'人小'，但是一旦小孩儿死啦变成鬼，就会比大人的鬼要大，这个大不是说个头大小的大，是法力大，你明白吗？"

我摇摇头，当时我听得入迷，连哭都忘了。我爸接着说："嗯……法力和力气差不多，但比力气厉害多了。这么说吧，如果有人杀了一个大人，杀人犯很狡猾，逃跑藏起来永远不被警察抓到，是有可能的。但是有人杀了一个小孩儿，不管杀人犯多么狡猾，跑多远早晚都会被抓住。'人小鬼大'，小孩子的鬼魂厉害，比大人的都厉害。"

"爸，我有点明白了，但这和不给永强和永旺办白事有嘛儿关系？"我爸的耐心终于用完了，他猛地站起来，低着头，我仰着头，跟看太阳月亮一样地看着他，我爸又吹胡子又瞪眼，油汪汪的脸上充满要打我的杀气："说你是小孩儿，你还不服气，我和你说半天你还不明白？永强和永旺他爸，不想让他们哥俩的魂魄恋着家，让他们赶紧去投胎。以后他们还想生个孩子，对那个孩子也不好，不想给他们哥俩办白事，也有这个意思……"

我爸说完不再理我，自己往家走，胡同里没有路灯，我在他身后哭着跟着，一边哭一边喊："真狠心！你们大人真狠心，不给小孩儿办白事！大了最狠心！"

3

永强永旺淹死的第二天一大清早，我和每天一样，不洗脸跑到他们家。以往每天我一到他们家，会推门喊一声："走啦！"他们两个准是永旺先跑出来，永强磨磨叽叽地跟在我和永旺的后面，我们走得快，他总是不停地朝我们喊："等会儿，等会儿我啊……"

那天早晨，他们家的门是开着的，从屋子里传出来几个女人哭的声音。我从小胆子大，不知道怕死人，悄悄走进屋里。

我爸和我妈还有很多邻居也都在，我走到我爸旁边，他用大手在我头上摸了一把，低下头在我耳朵旁边小声说："去吧！去看看永强和永旺。"我走到床边，他们躺的位置变了，头靠着床边脚朝着床里，我知道只有晚上他们睡觉才这样躺着，这是永旺曾经告诉我的。

他们两个人盖着一个单子，单子是浅蓝色的，上面有一朵一朵的像蒲公英的白色小羽毛。好几个女人坐在炕上哭，永强永旺的妈妈看见我的时候，朝我伸出了一只手招呼我过去。

我坐在她旁边，把我的一只手递给她，她的手冰凉，用一只手死死握着我的手，一只手却轻轻摸着我的手背，点着头说："和永强永旺的手一样大，从前啊，他俩一到晚上睡觉的时候，都抢着让我摸着他们的手，我呀……一只手摸着永强，一只手摸着永旺，一会儿他俩就都睡着啦。他俩长大不用我摸手，你看，他们睡得多好，叫都叫不醒，现在永旺永强就在我眼前头，我能摸着他们的手，可他们再也不会睁开眼，跟我说一声：'妈，我们饿了……’”

我不知道她为什么要摸我的手，要跟我说这些话。不知道什么时候我妈站在我后面，哭着对永强永旺的妈说："大嫂子，别太伤心，让这孩子陪你住几天。"

永强永旺妈放开我的手，满脸的鼻涕眼泪，慢慢地摇了摇头，没有什么力气，很小声地说："不用啦！看见你家孩子，我更想我家的孩儿，你可要把孩子看好，他们都是多好的孩子，有口吃的就行，还总帮着我洗衣服干活儿，才多大点的孩子……"她说不下去，低着头"呜呜"地哭，不再说什么。

我一点也哭不出来，其实哭不出来比哭出来更难受。从炕上下来，我站在永强永旺的头前，掀开盖着他们的单子，他们两个的脸露出来，都闭着眼睛。原来在河边刚刚捞起他们的时候，说他们好像睡觉一样是真的。

虽然只过了一夜的时间，但他们变化很大，尤其是脸，虽然鼻子眼睛都没有变化，但整张脸变得很胖，至少要胖了一圈，尤其是颜色，白里透着灰色。

　　从前我爸去给人家办白事，我都是远远地看着，看着去世的那个人盖着单子，很少注意他们的脸，不知道人死以后，和活着的时候已经不一样。说一点不害怕是撒谎，但和昨天永强掉进河里的害怕比起来，看到他们尸体时的害怕不同，这是一种踏实的怕，我不是怕尸体，而是怕他们这么一走，从此不可能再回来和我一起玩。

　　每一个小孩子对死亡都充满好奇，他们天真，无法理解为什么人死了会像在玩"一二三木头人"一样，几个小时一动不动。

　　我看永强和永旺已经换了一身衣服，穿得很多。夏天他们通常只穿一件小背心和三角裤衩。躺在炕上的他俩穿得好像是冬天要出远门，不仅有秋衣还有毛衣，甚至还有棉袄。我爸一直站在我的身后，一只手摸着我的肩膀，我转过头仰着脸问他："爸，他们去的地方很冷吗？"我爸蹲下搂着我的肩膀说："不知道，可能吧……但他们要去的地方一定很远，远到再也不能赶回来。"

　　把单子重新盖在他们的脸上，我从口袋里掏出两个玻璃球，那是我最喜欢的两个，其中有一个是我从皮蛋儿丢进河里的地方找到的。我张开手对我爸说："我能不能把这个送给他们？"爸爸点点头。我爬上炕，把最喜欢的那颗有红绿黄三个花瓣的玻璃球放到永旺手里，我一直把他当作我最好的朋友。另一个从河里找到的给了永强，他一定是很想要找到玻璃球，才敢走进河里的吧！

可他们的手握不住球了，玻璃球不停地从他们的手里跑出来，突然在那一刻，我"哇"的一声哭出声，我爸一把抱住我："我们把球放进口袋里，那样就不会丢啦！"然后拉着我的手把球放进他们棉袄的口袋里。我不哭了，大声赌气地说："为什么不给永强永旺办白事？你们不给办，我给办！"

"谁说不给他们办白事啦？一会儿火化车来了，我们都跟着去火葬场，去火葬场给永强永旺开追悼会，白事在火葬场办。你还不放心，也跟着去！"我爸有点生气，觉得我没完没了，在平时还无所谓，在白事上耍小孩儿脾气，他觉得我不懂事。

火化车来的时候，没有花圈，也没有人放鞭炮，就连胡同围观的邻居都很少。永强和永旺，被两个我从来没有见过的两个男人抱着，放进火化车里。

必须要说一下那个时候的火化车，和现在的有很大的不同。那辆火化车好像现在的面包车，中间放尸体，两边坐人。永强和永旺被几乎重叠地放在中间，我看见他们的爹妈走进了车里，我不知道自己当时怎么想的，在火化车门关上的最后一刻，我也跳进车里。

这是我第一次坐火化车，对面坐着永强永旺的爹妈，他们用很吃惊的眼神看着我，在我们相互看着的时候，车门关上了，车里顿时暗了下来。

驾驶座和后面的车厢不是连着的，但有一个小窗户，窗户用白色的绸缎布做了一个窗帘。窗帘也很奇怪，和家里的窗帘不一样，上下都固定着，我觉得车里太黑，使了很大劲也没有打开帘子。

永强和永旺的尸体就摆在我前面，盖着白布单子，我猜是火葬场给的，不知道这个白色的单子盖过多少死人。夏天车里很热，没有窗户，我闻到有臭味，比我爸的臭脚还臭，我用一只手捂着鼻子，一只手死死地攥着拳。

火化车突然开起来，永强永旺的爹妈大声地哭，我坐在他们对面，完全不理解，心里想："为什么他们不开车的时候不哭，一开车就哭呢？"我想起我爸说的"规矩"，白事上的规矩真多，在白事中的人们，非得听从看不到摸不着的"规矩"的指挥。

等我长大回想起永强永旺哥俩，总觉得他们没有离开，活在我的童年里。也懂得了不只有"白事规矩"，人一生还会有"命运规矩""职场规矩""活着规矩"……很多很多"规矩"。

每次回想我当时为嘛要坐上火化车，都会笑那个时候可爱的自己。我猜我可能是怕大人们说话不算数，不带我去火葬场，不打算给我的好朋友们办白事。

我一个七岁的小孩儿，不知道为什么会觉得一个人死了，办白事是非常重要的一件事。或许，因为我们家是给人办白事的，所以才会那么在意吧……

4

坐在火化车里，开始的时候还好，越到后来车颠得越厉害，我看着白色单子下的永强哥俩比我颠得严重，很大的白单子有几次都要完全颠开。我不怕什么，只是一直担心我送给他们的玻璃球被颠掉。永强永旺的爹妈不哭了，傻坐在我对面，眼睛直勾勾地看着我和白单子下的孩子。

车好像开了很久，车里很黑，我突然困了，想睡觉。"孩子，别睡，马上就要到啦！"我迷迷糊糊听见有人和我说话。我揉揉眼，刚睡着了。车门打开的时候，好像早晨的窗帘一下子被拉开，刺眼的阳光让我睁不开眼，我不知道自己在什么地方。听见有人跟我说："你们快点下车。"

我爸把我从火化车里抱出来，我想找我妈，我爸却说："你妈单位不让请假，上班去了。"说完，停了一下问我："你不是想给永强他们办白事吗？"我爸说的时候好像还在生我的气，也不看着我。

我还没睡醒，有点晕头转向，眼睛不知道看哪里才好，我也是第一次来火葬场。原来火葬场就是一个大花园，到处都是树，还有很多花坛，里面种满了各种颜色的花，还有一个湖，湖中间有个绿色的小亭子。我还是个小孩儿，来到火葬场以后完全忘记我是个给永强永旺办白事的小大了，看什么都觉得新鲜。

我爸问我话，看我不回答，以为我在火化车里中了什么邪，摸着我的头问我："你不是想给永强永旺办白事吗？你还记得吧？"我说："爸，你教我当大了，我想当他们的大了。"

"行啊，怎么不行？当大了和你们小朋友们玩游戏没有什么不一样，你们不总在咱家玩打仗游戏吗？做大了和玩打仗游戏差不多。爸爸一会儿教给你，你给永强哥俩办白事。我跟他们哥俩的爸妈都商量过了，他们同意让你办。"我立刻紧张起来，手心里都是汗，忙问："爸，你现在就教给我！"我爸可能知道我以后要当大了，所以显出比平时多出很多的耐心，对我一个小孩儿仔细解释，但说真话，当时我是一点也不明白，只知道认真听、拼命记。

我爸说："一个合格的大了，首先要做好'客祭'，'客祭'有非常长的历史，意思是，有人死了就会有好朋友亲人来悼念，所以也叫'开吊'。以前人们会磕头，现在改成上三支香或者鞠三个躬。虽然永强和永旺是小孩儿，但是这个几千年流传下来的白事规矩不能改，大人们必须要鞠躬，你记住，在追悼会开始的时候，开始会放哀乐，哀乐一结束，大了就要说：'下面向遗体三鞠躬，一鞠躬，二鞠躬，三鞠躬……'你要记住的是最后一句话，哀乐一结束，大了要说什么，你说一遍，我看看你记住了没？"

人越是在全神贯注的时候，记忆越好，我爸说了一遍，我就记住了。我站直了身子，大声说："向遗体三鞠躬，一鞠躬，二鞠躬，三鞠躬！"我爸觉得我很有当大了的前途，摸了摸我的头，很满意地说："对！一会儿追悼会哀乐一结束你就开始说，记住喽！"可我从来没有参加过追悼会，也不知道哀乐是什么。心想着："反正有我爸在身边，不会出错的。"

永强和永旺的追悼会是在一个很大的礼堂里举行的，去的人都是邻居，所以我也不怎么紧张。一段音乐起，追悼会上的人都低着头，音乐一停，我爸用眼神告诉我，该我说话了。

可我爸没有告诉我，"一鞠躬"说完要等一会儿，不能连着说，所以追悼会的人们跟着我说的节奏鞠躬，我说得太快了，他们每个人都不像在鞠躬，而是在点头。

这是我人生中第一次做大了，虽然如此，但我觉得错不在我。我爸也发现了这一点，追悼会以后，他还是表扬了我，说我是一个合格的大了。回家对爷爷奶奶还夸奖我说："追悼会这么多人也不知道害怕，声音倍儿大，站最后一排都能听得清楚。"

　　而在要离开火葬场的时候，想到永强永旺要永远留下来，不能和我一起回家，我心里就难受得想哭。我知道如果他们活着和我来到火葬场，我们一定会跑到湖中间的小亭子里，站在亭子里往水里丢石头子儿，比赛看谁丢得最远，还会向水里吐唾沫，看谁吐得多……一想到再也看不到他们，我的眼泪就止不住地往下流。爸爸看见，帮我擦着眼泪，不停地拍着我的头。我知道眼泪能擦干，但永强永旺在我的记忆里，一辈子也擦不掉。

　　每次做大了，看见人们痛哭的时候，我由于经历过，所以明白人们哭的是什么。说白了，哭的是记忆，哭过去不可回，哭未来不再有……这是我第一次做大了，七岁就明白了的道理。

　　从那以后，我不敢再去河边，出去玩时看到比我小的孩子，我会领着他的手，把奶奶对我说的话对那小孩和自己再说一遍："你们啊就是不听话，每年夏天都有小孩儿淹死的。和你们说，你们别不相信，等哪天出了事儿，你们就算傻眼也晚啦！"

也是从那时开始，我明白了生和死之间没有距离，没有时间。刚刚还看到的人，几分钟甚至几秒钟后，可能就是永别。

永强永旺去世的那天晚上，我没吃饭，哭着睡觉。据我妈说，我说了一宿的梦话，就连我爸听着都瘆得慌。一直到我长大以后，我妈才敢告诉我。那天夜里，我梦话的大概意思是："爸妈，我死了，你们不要伤心，我会照顾好哥哥的。哥哥在水里害怕，他胆子小害怕，所以我也跟着他去啦……"我妈说，一直到我们搬家离开胡同那天，她才把那晚说的梦话，告诉永强永旺的爹妈。

那个时候，他们家已经又生了一个闺女，叫永媛，已经五岁，胖嘟嘟的特别可爱，他们两口子当宝贝一样，去哪儿都把孩子带在身边，手把手地疼爱着，生怕有什么闪失。

或许真像人们说的那样，只有失去过的人才会懂得珍惜。

瓷娃娃

1

瓷娃娃白事三天，我妈没去，因为瓷娃娃的妈对我妈意见很大，觉得她儿子的死，是我妈间接导致的。

瓷娃娃是跳楼自杀的，不过跳的不是一般普通的楼，是一栋很高的楼，应该有十多层。那时我爸已经成长为有经验的大了，对于自杀去世的人，我爸有经验："跳楼自杀的人几乎是没有脑浆的，眼球也有很多摔飞的。跳楼和卧轨的遗体，最不好收拾。"

瓷娃娃叫什么名字谁也不知道，一直到他死，开追悼会的那天我才知道，他叫苏田丰。瓷娃娃长得很高也很帅，小时候他妈结婚五年没孩子，去寺院求子，寺院和尚给了一个瓷娃娃,临走时和尚说:"回家的时候多买一张车票,回家把娃娃放在床头。以后如果有了孩子,不论男女,大名不管,小名就叫瓷娃娃。阿弥陀佛!"

瓷娃娃妈有些为难:"我不坐车,走着回去。"一年以后,瓷娃娃出生。出生一个月刚满月,床头的瓷娃娃不小心从小桌掉在地上,摔成两半。这些都是瓷娃娃去世以后,他妈坐在一群妈妈中间,哭着说的。妈妈们陪着哭,我爸站在一边听。

我妈是瓷娃娃和二姨的介绍人,我妈自从当了他俩的媒人,后悔得想搬家。不出三天,两口子一定上我们家打一次架,两个人对打,把我们家的镜子砸烂不说,捎带着还会摔坏家里所有的茶杯、茶壶……后来只要他俩一来打架,我妈就会大呼小叫我的名字,让我把新买的一切易碎品藏好。

瓷娃娃和二姨家离我家不远,来我们家打架砸东西,然后两个人离开,半小时或者最多半天工夫,两个人就好像什么事情没发生过,给我们家送些钱,说是赔偿。

但有一次情况很恐怖，那次吓哭了我妈，我吓得一动不动，差点儿尿了裤子。我只听见我妈对着我大喊："去！快去找警察！"

我跑着去找来了警察。一路上，我的手上脸上都是血，一进警察局把警察都吓了一跳。

跑进警察局，我对着警察喊："刀！菜刀！"有个女警察，上下在我身上找伤，安慰我说："慢慢说……你慢慢说！"我慢得下来吗？

"我妈还在家，瓷娃娃拿着菜刀，二姨拿着菜刀，我妈和他俩抢菜刀……"

女警察只关注菜刀，蹲下温柔地摸着我的头问："慢慢说，几把菜刀？为什么都拿着菜刀？"她的温柔让我想哭却哭不出来。

一个男警察终于看不下去，拉起我就走："你们家在哪儿？带我们去看看！"等我和警察赶回家，我妈正在擦地上的血，二姨已经回家，两把带血的菜刀，平放在我家放茶杯的桌子上。

我妈手受了伤，手掌被划了一个大口子，我妈对警察说："瓷娃娃拿着菜刀要砍二姐，我抢菜刀的时候划破的。"警察调查以后告诉我妈，二姨没受伤；我的血是跑着去报警，在路上摔倒鼻子流的血。

如果和平常一样，不出半日，瓷娃娃和二姨应该买点东西来看看我妈，再把他家的菜刀拿走。我妈当晚还等着，等到晚上只有二姨一个人来，可不是找我妈而是找我爸。二姨哭着对我爸说："瓷娃娃死了，跳楼摔死的。"

我妈不相信："为什么啊？"

二姨说："今天上午他看见我和一个男的在马路边抽烟，我一回家他就疯了，非说我跟那个男的睡过觉，这都哪儿跟哪儿，我和他解释他也不听。他拿着菜刀，我也拿了菜刀，这不就是我俩的游戏嘛？我在前面跑他在后面追，我俩跑你们家闹……每次到你家，闹闹就又好了，每次不都这样嘛？"

二姨是个直脾气，用现在的话形容，人简单粗暴，但心眼不坏。她哭着对我爸说："姐夫，你是大了，你看看怎么办？"

我爸没回答，反而是问二姨，问得她一愣一愣的：
"瓷娃娃他家里还有什么人？现在知道消息吗？你打算
灵堂摆在哪里？"

"当然是摆在我们自己家，我和我哥哥去我公公婆婆
家，通知他们，瓷娃娃不知道摔得怎么样，警察说尸体
在医院太平间。"二姨像是得了大病，说话都没有力气，
拿着手绢擦着眼泪。她不明白，他俩玩得好好的"追打
游戏"，瓷娃娃怎么就跳楼啦？

我爸本来对瓷娃娃两口子天天来家里闹就很反感，
但也没有想到最后能发生这种事儿。我爸同情地对二姨
说："你也不要太难过，两口子过日子，没你们这样的，
天天打架，还动刀！你家里有人吗？等一会儿我过去，
等你公公婆婆来了以后再一起商量瓷娃娃的白事。"

二姨家里，二姨的爸爸妈妈都在，两位老人不出声，
毕竟女儿突然成了寡妇。二姨爸和二姨一样都是炮筒子
脾气，老大爷拉长着脸，从口袋里掏出烟给我爸："本来

他们结婚，我就不同意！二闺女不听话！为了结婚天天和我们打架，实在没办法才同意，没想到会这样。"大爷说话不是很清楚，说话一个字一个字往外蹦着说，很费力，加上生气，更是每个字都带着力量。

二姨妈也生气，但火只能对着自己老伴儿发："现在说这些有的没的，有嘛用？你少说几句，闺女听见不高兴。"说完老太太问我爸："您老帮忙要钱么？"

我爸抽着烟回答："不要钱。"

二姨妈又问："那你图嘛？"

这话问得我爸竟一时不知如何回答。本来在白事上，他就是个做得多说得少的大了。

二姨妈的这个问题，非常普遍，每当有逝者家属问我时，我都想顺嘴回一句："为人民服务。"以前是免费，现在天下没有免费的午餐，天下也没有免费的白事，话虽如此也不是绝对，也有的大了师傅依然坚持不收取丧葬服务费用。

"嘛也不图，是您闺女请我来的。"我爸的答案简单易懂，特像个禅师。

很长时间谁都不说话，偶尔二姨妈深深叹气。过了很久，二姨和她哥才回来。二姨抽着烟，无可奈何地对我爸说："瓷娃娃的妈妈昏过去，明天好一点的时候过来。要不……您先回吧。"

我爸回家，我妈怕伤口感染，让我爸给她手上的伤抹药。我爸把我妈的手看了看很心疼，抹着药说："你说瓷娃娃两口子，在咱家'华山论菜刀'，万一伤到你可怎么办？想想都后怕。"

我妈心大，安慰我爸："那省事啊，从咱家直接办白事算呗。"

我爸斜着眼："瓷娃娃为嘛自杀，你自己知道就可以，不要乱传。"

我妈吹着受伤的口子："知道，也不知道瓷娃娃摔成什么样儿，那可是十多层的大楼呢……"

2

第二天在医院太平间，我爸看到瓷娃娃摔成什么样子了，从尸体看是脸着地，脸完全摔瘪，可见人脑袋是最不结实的。瓷娃娃脸着地，但尸体存放没有趴着的，都是平躺，脸永远朝着天。这样对瓷娃娃的家属是一个不小的考验。

跟着去太平间的除了我爸，还有瓷娃娃他爸和二姨，本来二姨可去可不去，但二姨坚持要去："我不看见瓷娃娃的尸体，我就认为他还活着。"

我爸说："二姐她是不见棺材不落泪，从十多层摔下来的人，能认出嘛来？"我明白我爸说的意思，好像一只蚊子，被拍死在墙上，都是一样的，如果活着蚊子可以分辨不同，被拍死在墙上就什么都分辨不出来了。

大了每次都是比死者家属先看到尸体。我爸看完瓷娃娃后，小声问二姨："瓷娃娃摔得很严重，你确定要看吗？"

二姨说："我要看！我要看看是不是他，否则我不死心！"

我爸不好意思再说什么，掀开单子让他们看。二姨

表情很丰富，我爸想起她刚才说的那句话："我要看看是
不是他！"可瓷娃娃的尸体，搁谁看也不一定能看出来。
跳楼自杀就是这样，对身体不是伤害，是破坏。

　　但二姨还是很快确认是瓷娃娃，不是从衣服上，从
身体很多细节上还是可以辨认的。瓷娃娃戴着耳环，那
个时候很少有男人戴耳环，耳环只戴一个耳朵，左耳，
耳环是一个圆圈。我爸看了一眼二姨，二姨下意识摸了
一下自己的右耳，是另一只耳环。

　　我做大了后发现，人在极度悲伤的时候是不会哭的。
我爸说，二姨就是这样，一滴眼泪也没掉，静静地看着。
瓷娃娃他爸已经走了，二姨一动不动还在看，我爸拉着
她胳膊，想把她拉走，二姨脾气倔强，她甩开我爸的手
大喊，把我爸当成仇人一般，把对瓷娃娃的气撒到我爸
这个可怜的大了身上："我还没有看完，还没有看够呢！
你别拉我！"

　　人在极度悲伤的时候不哭，很气愤，这种时候最好
少说话。二姨很想和瓷娃娃打一架，可瓷娃娃已经认输

自杀，最后还是瓷娃娃的爸爸把二姨拉走的。出了太平间，二姨坐在地上才开始哭。等二姨哭痛快站起来，拍拍屁股上的土，大步走出医院。

回到二姨家，瓷娃娃的妈盘腿坐在床上，床铺上还坐着五六个同龄的大娘，她们一个一个盘腿打坐，每个看着都不简单。女人活到她们这个年龄，能活出一种老态龙钟的骄傲。老太太大多是家里的长辈，老伴已去世。如同原始的母系社会，她们在家里说一不二，坐在床上的这些大娘不论是否耳背，都在认真倾听或是窃窃私语。

二姨在太平间哭累了，回来不再说话。二姨的父母不是不喜欢说话，但他们知道话不能随便说，所以眼睛看看这里看看那里，死的毕竟不是自己的孩子，所以不怎么伤心。

瓷娃娃的爸爸看得出来是一辈子老实巴交的人，晚年丧子这个打击太大，他也默默地接受，还想让他说什么呢？陆陆续续还是有人来吊丧，有热心的邻居送来花圈。

那个时候没有电话，人们靠口口相传来通知消息。自杀，对于一般老百姓是件具有传奇色彩的事情。一个大活人决定自杀总有原因，更何况是将近两米的大男人，不能说自杀就自杀，一定遇到了非常难接受的事情，男人最难接受的事应该是被戴绿帽子。几乎每个人都这样想，所以来吊丧的人们都要多看几眼二姨。

二姨没有白事经验，当时是夏天，她穿了一件背心和紧身的裙子，而且还是红花的，给人一种水性杨花的感觉。我爸做大了，责任也是很全面的，他轻声提醒二姨："白事穿什么虽然没有具体规矩，但你这身衣服不太合适，还是换一身深色的衣服，最好是孝服。"

"孝服是什么？有卖的吗？"

我爸解释说："孝服是家里亲人去世以后，家人要穿的服装。孝服不用买，买白布就可以，我会做。一般家里人去世都要穿的，也叫披麻戴孝，是对死去的亲人表示哀悼。直系亲属都是重孝，头戴孝帽，头系着六尺白布包头，包头从后边向前绕，把扣子系在脑门上，两边自然下垂，身上披十四尺白布，用绳子系上。腿上系白布条。鞋可以直接穿白鞋，或用白布把鞋面缝上。如果不是直系亲属，男的头戴孝帽，白布包头六尺活扣系在左边，身上一样，腿上不系白布。女的不戴孝帽，直接系白布包头。"

说得太多，二姨听不懂更记不住，只是问："我穿孝服，是不是对瓷娃娃好？"

"当然，亲人穿孝服，对去世的人当然好，否则也不可能延续好几千年，孝服一直延续到今天。"我爸哄着二姨是有原因的，因为白事最怕有人自杀，以我爸的经验，自杀也传染，只要家人有一个自杀去世的，办理白事的时候家里可能还会有人自杀。如果发生这样的事情，死者家属会认为大了能力有问题。那个年代，大了并不多，我爸不想自己办理的白事中出现这样的事。

"虽然瓷娃娃丢下我走了，毕竟我们夫妻一场，我想穿孝服。"二姨终于找到了一个办法让自己走出丈夫自杀的阴影。

二姨刚说完，被二姨的爸妈叫到一边，他们三个人小声嘀咕着，很快二姨倔驴般的脾气又来了，哭着说："瓷娃娃是我的丈夫，我丈夫都死了，你们还说嘛我不能戴孝？你们说的道理我不管，死的是我的丈夫，现在让我为他做什么都可以，就是死都可以！"

二姨伤心，我爸迷惑不解，瓷娃娃自杀了才想起说这话，可为嘛俩人生活在一起时，却要天天打架呢？

我爸不明白，我倒是明白一点，大概是生活太无聊，两个人又没有孩子，所以用打架的方式表达爱情。不是有句话说，打是亲骂是爱，大概就是说瓷娃娃和二姨这种爱情。

3

二姨穿上孝服，跪在灵堂前烧纸，瓷娃娃的妈坐在床上哭也哭累了，半躺着睁着眼看着房顶。瓷娃娃在胡同里算半个人物，人缘很好，所以来吊丧的人很多，二姨人爱说爱笑，朋友也不少，知道瓷娃娃自杀，她也来了不少朋友帮忙。

　　人都是有好奇心的，吊丧的人实在好奇瓷娃娃自杀的原因。二姨如果有点心眼，说不知道，好奇的人们套不出话也没辙，毕竟不是他杀，警察也不会调查凶手，自杀原因更不会公开。但二姨简单，两三个不错的姐妹，拉着她的手先是安慰，然后试探地问："瓷娃娃为什么自杀？"

　　二姨本来就委屈，她不理解也实在不明白原因，好比每天都和自己玩打仗游戏的好朋友，突然有一天游戏玩一半，说不玩就不玩，也不和她说一声。二姨觉得莫名其妙，也想找人一起找出答案；就把瓷娃娃当天自杀发生的事情简单说了一遍。说完以后不出一小时，瓷娃娃的自杀原因，就如风一般的速度迅速传播开了。

　　瓷娃娃自杀的原因变成：二姨和野男人睡觉，被瓷娃娃抓个正着，野男人和瓷娃娃决斗，瓷娃娃被野男人打败，跳楼自杀。二姨秒变潘金莲，以后再来吊丧的人，都不再用正眼看她，关键是二姨还不知道。这让瓷娃娃一家人很难接受，虽然人不是二姨杀的，但也是因为二姨死的。

瓷娃娃家里的所有亲属，秘密召开了一个家族会议，最后所有人一致决定了一件事情。他们把已经决定的事情告诉我爸，把我爸喊到另一个屋子恶狠狠地说："大了，我们已经决定，不能把灵堂摆在这里，瓷娃娃自杀就是因为这个臭不要脸的女人！"和我爸说话的是一个五十来岁的大姐，她哭红的眼睛里全是仇恨，用手指着二姨说："瓷娃娃就是她害死的，自杀也是不想再看见这个狐狸精！"

我爸最怕白事上有人闹事。"不把灵堂摆在这里？"我爸重复着大姐的话。

大姐不见得平时和瓷娃娃关系有多么好，我爸知道是因为面子问题，瓷娃娃的亲戚觉得受到了侮辱。大姐态度坚决地说："对！必须把灵堂挪走，放到瓷娃娃的爸妈家里。这也是瓷娃娃的意思，要不你说，他为嘛要自杀，还不是想离开这个破鞋！大了师傅，我们不想闹丧，对我们家不好，这个我们知道……"

我爸一听，再一看大姐口齿伶俐，也不是什么省油的灯，一会儿工夫给二姨安了三个称呼，心想着：你们这还不是胡闹嘛？以为灵堂是什么，搬家呢？瓷娃娃的死二姨也是受害人，一个大男人有问题好好解决，实在解决不了，还可以好说好散地离婚。心眼小就算啦，还没脑子，如果真像二姨说的那样，也要问个清楚明白，绿帽子可不能着急自己往自己头上扣。

再说，自杀就自杀，还跳楼？觉得跳楼很勇敢吗？勇于面对问题勇于改正缺点才叫真勇敢。瓷娃娃跳楼一了百了，有没有想过二姨，有没有想过自己年迈的父母？父母正是需要他照顾的年龄，这一跳，他是解脱了，后面的事情需要面对的都是他的亲人。这下可好，死了也不得安宁，还要给灵堂换个地方，给灵堂搬家！

大了在白事上真是活久见，嘛新鲜事都能遇到。我爸正琢磨怎么办，大姐看我爸傻站着不说话，有点急眼："大了师傅，你倒是说句话呀！"

我爸正有一肚子话呢，就是不能和她说，但还是想先稳住大姐："灵堂不可以随便移动，我是大了，不相信鬼神，但相信人有灵魂，一个人去世以后，他的灵魂还在，身体不能待，所以我们给设个灵堂，让去世人的灵魂有个安息之处，所以才叫灵堂的。您明白吗？"

大姐听我爸说完，眨巴着眼好像不认识我爸一样："你跟我说这些干吗？我不明白！我也管不了那么多，要不你给我把灵堂挪走，要不，我自己来，不用你！"

这位大姐真是典型的天津人性格，一个劲儿叨叨，还急脾气："好，我和女方商量商量。你别着急，白事你也说了，闹丧不好，知道不好更不能闹！"冲动是不是魔鬼我爸不知道，但我爸知道冲动的都是糊涂蛋，先劝住一会儿是一会儿。可我爸一转头看见灵堂前烧纸的二姨，顿时感觉头疼得厉害。

我爸把二姨喊到院子里商量，想想只能实话实说："你先听我说，但不要着急，什么事情都可以商量。"

二姨说："是不是瓷娃娃他们家又出什么幺蛾子？

我就知道！你说吧……"

我爸为难地说："我知道你是一心为了瓷娃娃好，他们家想把灵堂改在瓷娃娃的爸妈家，你先别急，听我说完，我们活人好说，受点委屈都可以，但灵堂之所以叫灵堂，因为一个人去世以后，他的灵魂还在，身体不能用；我们给设个灵堂，让死去人的灵魂有个安息之处，所以才叫灵堂。如果你不同意，瓷娃娃父母会再设一个灵堂，两个灵堂对去世的人是很不好的。说白了，两个灵堂瓷娃娃的灵魂会分开两处，再说他又是自杀的，对他更不好。"

二姨咬着下嘴唇不出声，半天才说："大了姐夫你说得对！我受委屈没什么，只要对瓷娃娃好就行。你的意思怎么办？"

听二姨说完我爸心才算是放下来，二姨和瓷娃娃两个人是相爱的，瓷娃娃自杀死得简直莫名其妙，一不开心就自杀，真的是太愚昧。

我爸说："我的意思是同意瓷娃娃家的条件，把灵堂摆放在你公公婆婆家，你是瓷娃娃的爱人可以跟着去。"

4

后来给瓷娃娃办完白事，我爸才明白为什么瓷娃娃会自杀，不只是他性格有问题，瓷娃娃的三个姨都有点偏执，不仅如此家里还延续着母系大家庭的传统，女人在家里说了算，并且说了算的女人们无法沟通，她们说什么就是什么。

灵堂问题，一开始找我爸谈话的大姐，是瓷娃娃妈妈的妹妹，也就是瓷娃娃的老姨，她不是说话最权威的人，老姨是负责传话的，瓷娃娃的大姨和二姨才是他们家最厉害的角色，瓷娃娃的妈妈排行老三。

本来在瓷娃娃的灵堂前，有一张他的照片，照片不大，是临时找的一张小照片放大的。照片是黑白的，瓷娃娃照得端正，到了重新摆设灵堂的时候，大姨和二姨两个人一致认为："不可以！"

我爸正忙着手里的活，只好停下。说到这里，我不得不说说灵堂到底怎么布置。灵堂中间放死者的棺材，如果没有棺材，中间放一张供桌，供桌中间放死者的照片，摆上供品，就是点心水果等，两旁放香烛，一边一根，从前都是白蜡烛，现在的蜡烛都改成很大的那种，可以燃烧好几天。

中间少不了一盏油灯，油灯也叫长明灯，不能熄灭，要有专人看管，时常加油。供桌的后面悬挂"奠"字的黑布，左右两边拉挽联，男女不一样，也有通用的，左面写：挥泪忆深情。右面写：痛心伤永世。灵堂布置要肃穆，让前来吊丧的人有庄重感。

以前灵堂门口会左右放两个桌子，一个桌子让来吊丧的人签名，另一个收礼记账用。

瓷娃娃的大姨二姨不知道从哪里听来的，对我爸说："大了师傅，瓷娃娃的照片不能是活着的时候的照片，必须是死以后才可以。活着的时候照的照片不能用，到了阴间阎王爷对不上号，不让进怎么办？"

听到这儿，我没忍住笑了："拒签呗……不对，问题是拒签也回不来了啊。"

我爸却说:"你别笑! 当时她们说得很认真,不是照片有多重要,重要的是必须要对阎王爷诚实。"

"您这是从哪儿听来的? 听我的,别信这个,都是迷信! "我爸哭笑不得,但还是耐心解释。

两位大娘其中一位看着像街道主任,很严肃地反驳:"大了你可不能说是迷信,如果是迷信,人死以后直接埋了火化不就完啦,为什么要烧烧纸,还要摆个灵堂? 这些都不是迷信? 我们要求真实的照片怎么就成了迷信了呢? "

我爸被问得哑口无言,二姨在旁边听不下去,因为她是看过瓷娃娃摔下来以后的那张脸的,所以她说:"大姨二姨,你们见过瓷娃娃从楼上摔下来的样子吗? 如果没有,您二老去医院太平间看看,如果还能拍照片,你们可以请照相馆的师傅去拍。"

大娘看都不看二姨,看着我爸说:"我们活了一把年纪,什么没有看见过,去就去! "

　　话说到这份上，我爸也只有同意说："下午我正好去医院给瓷娃娃穿寿衣，看看亲戚们还有谁想去，都可以去。想拍照片的，随便拍。"

　　当天下午突然下起了雷阵雨，夏天的雨来得快，雷电交加。我爸想等雨停了，或者雨小点的时候再去。大娘们又找到我爸说："大了师傅啊，你等嘛呢？时间不早啦！为嘛还不去穿寿衣？你看看天，这雨啊，一时半时停不了，我们还是赶紧走吧……"

　　我爸想也好，是骡子是马应该拉出来遛遛，叶公好龙的人我爸不是没有见到过，嘴上说不怕尸体，看见尸体以后吓尿的人也不少。"好！听你们的，我们走！"

　　我爸骑着自行车，两个大娘和几个亲戚还有二姨坐公共汽车。我爸先到，穿着雨衣在太平间门口等，远远看见小老太太们走过来，二姨还是穿着孝服，手里拿着寿衣，还有几个人走在她们后面，其中一个人拿着照相机。

　　等她们走近以后，我爸把手里的烟用脚踩灭，对着老太太们说："有人带心脏病药了吗？如果带了，在进门之前先吃几片。"

好心有时效果不一定好，瓷娃娃大姨不高兴地说："你这个大了，心眼不好，这不是吓唬我们老年人嘛？放心吧！我们身体都好着呢，没有你说的病！"说完还狠狠在地上吐了一口唾沫说："呸呸呸！咒我病的人，不得好死！"二姨看不下去想说话，被我爸阻止："好吧，跟我走吧！"

来到太平间，我爸怕露出瓷娃娃的脸吓到老太太们，所以多了一个心眼说："瓷娃娃在这里，您自己看吧……"然后退到太平间大门的位置等着。瓷娃娃的大姨站在尸体前，没有掀开单子却回头问："大了，你不是给瓷娃娃穿寿衣嘛？你躲门口算哪门子的事儿？"

大了见识多了，眼也毒，一听大姨说话的音儿都变啦，心里明白，大姨是害怕了，但害怕嘴还不饶人。"哦，这是你们拍照片的时间，等你们照好了以后，我再换。"这是实话，我爸真这么想的。

大姨一听我爸这话没毛病，只能自己掀开单子看，单子掀开，我爸只听见"咣当"一声，以为有人晕倒，一看是拿照相机那人把相机掉地上了。

这一声挺响，把老太太们都吓得大哭大叫："哎呀！我的妈呀！"大姨被旁边二大姨死死抓着，一个没站稳，摔倒在地，几个年轻人也不知道怎么办，我爸和二姨过去把大姨扶起来，我爸问："您没摔坏吧？"

大姨明显有点狼狈，摔得不轻，站起来以后不知道说什么，不再看瓷娃娃，眼睛半闭着说："没有想到摔成这样……看起来这照片不能拍，太吓人啦！"对着跟她来的几个人说："大了留下穿寿衣，我们还是回去吧！"

大姨走的时候还不忘交代我爸说："大了师傅，瓷娃娃这孩子的脸，还能再给整理一下吗？至少把脸……"

我爸领会地点头说："您放心，我一定尽力。"

我爸默默打开工具箱，像做木匠活的师傅，看了看瓷娃娃破损严重的脸，从修复颅骨开始，敷蜡、化封、调油彩、上妆……用了五个小时重塑了一个崭新的瓷娃娃。

　　参加追悼会的时候我去了，最后遗体告别，我看见瓷娃娃被鲜花包围，像是博物馆里的展览品，被放在透明的罩子里，很安详。

　　我那个时候个子不高，眼睛恰巧与平躺的瓷娃娃平行，我踮着脚看，发现他的脸是个笑脸，很像他和二姨来我家吵架后道歉的样子，眼睛眯成一条，嘴也抿抿着，不好意思地笑着，像个犯错的孩子。

花　猫

1

都是死，但死也分好死歹死，虽然死法一般都差不多，最坏的也不过是车祸。看过花猫尸体的人，才能理解我说的，死在家里自己的床上，绝对应该算是一等一的好死。当时有人猜花猫是自杀，这样想的人脑子里一定进了尿，自杀有很多种，不会有人跳进粪坑自杀的，绝对不会。

花猫的死绝对让人难忘，他是掉进粪坑被屎尿淹死的，这样的死法在我至今办理的所有白事里都是最惨的，只有他，死都不得好死。

我小时候也就是八十年代初，小孩儿之间骂人有句顺口溜："谁谁谁跑进女厕所，厕所没有灯，他掉进屄屄坑，他和屄屄做斗争，差点没牺牲！"

花猫死了以后，院子门口一群无聊的小孩儿一起大声反复地喊："花猫跑进男厕所，厕所没有灯，花猫掉进了屄屄坑，他和屄屄做斗争，光荣牺牲！"那个时候，我年轻冲动，忍无可忍冲出院子，拳头攥得紧紧的，声嘶力竭地对着已经跑远的倒霉孩子们喊："我看谁再喊，看我不把他扔进茅坑里喂屄屄！"我想当时如果真让我抓到一个小鬼，真有可能这样做。

听邻居们说花猫活着的时候，这群孩子天天欺负他，往他身上丢小石头子儿、吐唾沫，有一次一块小石头砸中了他的脑门，血顺着脸往下流，可花猫还对着孩子们笑着说："我们做好朋友吧，我们不是好朋友嘛？"很难想象，曾经一个打遍校园无敌手的人，会被胡同里的小孩子欺负，把花猫变成疯子的人，不是别人，正是他的妈妈。

花猫初中毕业以后，和胡同里的小混混整天混在一起。花猫他妈是个寡妇，据说花猫他爸就是因为打群架被人打死的，他妈怕花猫也跟他爹一个下场，可能也是实在没辙了，有天去了派出所报案说，花猫偷东西，然后把家里最值钱的一个金戒指交给警察，其实那个戒指是花猫姥姥留给花猫妈的。花猫妈哭着对片警说："这个孩子不仅偷东西还打架，手差点儿被人砍掉喽，现在手上还一个大伤疤呢，我怕他哪天再被人打死。我是管不了啦，教给你们管吧！"

一个年轻的片警安慰说："大姐，我们不是幼儿园，我们不帮助您管孩子。"花猫妈一狠心："那你们把他抓起来，关几年！回来以后他就老实听话了。"

接到报案警察很重视，当天下午抓花猫的时候，他正在家里睡午觉。警察拿着金戒指问花猫："哪里偷的？"花猫哈哈大笑，笑得眼泪流下来："警察叔叔，我说咱别逗行嘛？这是我姥姥的，姥姥死了我妈一直戴着。"一个是恨铁不成钢的寡妇母亲，一个是二流子小混混，警察不可能相信花猫的供词。

　　一个星期以后是中秋节，每年中秋节前几天都会有严打行动。和花猫一块儿混的老大拿着自制的火枪打伤了人，那天他也跟着一块儿掺和，数罪并罚直接送大西北服刑。

　　在大西北服刑期间，花猫妈坚信自己的选择是对的，从来没有去监狱看过花猫一次，一直到花猫刑满释放，他妈也没有去监狱接他回天津。谁也不知道花猫在监狱是怎么生活的，出狱以后又发生了什么，还是谁也不清楚。

　　当警察把花猫送回天津时，他已经疯疯癫癫，成了全身破烂、流着长长的鼻涕、只会"呵呵"傻笑的疯子。送花猫回来的警察说："出狱以后，一伙人把花猫所有的东西都抢走了，还把他打了一顿，可能是打了脑子也可能是受到惊吓，受刺激得了精神病。希望家属带着去医院，好好治疗。"

　　从此以后花猫不再打架，但谁也都不认识了，终于成了他妈希望的样子，又老实又听话。那个时候，我爸已经找我谈过话，希望我做他的徒弟；可我死活不想当大了，我喜欢看书，一心想当个作家。我的青春叛逆期比别人都长。有时我想如果花猫没有死，我可能现在还不会接受命运的安排成为大了。不是因为花猫死得可怜，我才给他当大了的，是因为花猫曾经帮过我，我们是朋友。所以给花猫办白事，是我欠他的。

刚上初中那会儿，不知道谁嘴那么快，我爸是大了这件事情被一些同学知道以后我就倒了霉。每天早自习，老师不来教室，这个时候是抄作业时间。这是对一般的同学，对于我是一天最倒霉的时候。

我们班有四个男同学，名字现在已经记不得，他们每天早自习给我开一场追悼会，不厌其烦每天如此。直到有一天他们给我爸妈开追悼会，我手里正拿着一个作业本，我疯了一样冲向他们，抡起王八拳对着他们的头，挥舞着我卷成圆筒的作业本。

换来的结果是他们四个人一起打我，所有同学都看着。我和花猫是同桌，他拿我当哥们儿。那天只有花猫冲过去帮着我打。当天下午那四个同学又找来外校好几个人，把我堵在学校门口不远的楼洞口。就在我觉得我快被打死时，花猫从天而降。他从书包里掏出一个用报纸裹着的东西，一把撕开报纸，里面竟然是一把大菜刀。虽然刀口生锈，但那可是一把菜刀啊，花猫闭着眼抡起菜刀乱砍一气，软的怕硬的，硬的怕不要命的，当时花猫就是不要命的架势，最后把他们全镇住了。以后三年有花猫罩着，没有人再敢欺负我。

花猫回天津，他妈得了一场大病，腿的关节肿得比馒头还大，根本不能下地，只能依靠邻居和一个表妹照顾。花猫妈天天以泪洗面，责怪自己把儿子给毁了，早知道是现在这样，还不如当个混混。

那个时候我们家早已经搬出了胡同，可我妈总忘不了老邻居，经常回去看看。花猫出狱的消息也是我妈告诉我的，我得到消息第一时间跑去看花猫，还买了他最喜欢吃的烧鸡，以为晚上能和他好好聊聊。

我很少把谁当朋友，但帮过我的朋友，我当家人。当我到了花猫家，看到他的时候我却傻了，我认不出眼前年轻的疯子就是花猫。花猫看见我手里的烧鸡，跑过来小心翼翼地拿过去蹲在地上像一只狗，捧着一整只鸡不知道怎么下嘴，一口咬着鸡脖子，鼻涕流在鸡上，他对着烧鸡说："别打我，我听话，我们做好朋友……"

我的眼泪呼地涌上眼，眼泪太热，烧得我眼睛疼。我蹲下身子狠狠擦了一把眼泪问花猫："是我，花猫，是我……你看看，你不认识我了吗？"

他嘴里嚼着，不敢看我，偷偷抬了一下眼睛，很快地瞥了我一眼又低下头小声说："我认得你，我们是好朋友嘛！给你吃，你别打我，好不好？我们是好朋友……好朋友。"他极可怜又讨好地双手捧着鸡，递到我的面前。

2

花猫掉进粪坑的时候，还好是冬天。不知道他为什么要去公共厕所，按道理他的疯病越来越厉害，拉屎撒尿自己不能控制，会直接拉屎在裤子里。

他的尸体是被淘粪师傅发现的，师傅不是每天都去，每周的周一凌晨五点左右去淘粪。在此之前，花猫已经三天没有回家。不知道是花猫他妈不想再去派出所，还是腿无法下地，在花猫丢的三天里，没有一个人试图找他。最后还是淘粪师傅把花猫的尸体打捞上来的，那个年代还没有手机，报警都是去派出所。

花猫被屎尿泡了三天，被打捞上来的时候，已经无法辨认，就连最喜欢围观的人，也都躲得远远的。但还是有邻居认出是花猫，因为在零下十多度的冬天，只有花猫是穿着凉鞋的，胡同里的人都见花猫穿过那双凉鞋，从夏天一直穿到冬天，花猫最后也是穿着凉鞋死的。有人去派出所找警察，有人去我们家找大了。

凌晨六点多，我还在热被窝里，我爸小声喊我："醒醒，好像花猫死了 …… 有人送信来，你去不去看看？"

我还迷糊着揉着眼，我爸又说了一遍："花猫死了，你要去，就快点跟我走！"我心里一紧，脑子却格外清醒，心里对自己说："花猫死了？！我必须要给他当大了！"

穿上衣服跟着送信人，我问那人："花猫怎么死的？"那人支支吾吾不说："这，怎么说呢？你到了自己一看就知道啦！"我一听顿时明白，花猫死得一定很惨，心里多少有了一些思想准备，但就算是这样，看到花猫躺在公共厕所门口，全身都是大粪，脸朝着东面，正是太阳升起来的方向，阳光照在他的脸上，脸已经肿得无法辨认，我还是无法接受。

这怎么可能是花猫？不可能！花猫是我的同桌我最好的哥们儿，全班最帅的男生，帮我打架出头的过命朋友……怎么可能掉进茅坑里死掉？

就算是在冬天，花猫尸体的味道还是奇臭无比，距离几米以外都能闻到，围观的人用手捂着鼻子，交头接耳相互议论着。警察看了看尸体，两个民警直接去了花猫家。我跟在他们后面，我多么希望花猫正在家里睡觉。我在心里不停祈祷许愿：如果花猫还活着，我立刻带着他去买烧鸡，买多少只都可以。

花猫家院子的大门没有锁，一推开，民警在院子里喊："屋里有人吗？"喊到第四声的时候，才听花猫他妈小声问："谁啊？"

警察站在门口问："我们是警察，可以进屋吗？"没有等回答已经走进屋子，我也跟着进屋，眼睛先看向床，希望可以看到花猫。

"梁亮在家吗？"警察站着，问的声音很响亮，却和冬天的温度一样冷。花猫妈坐在床上摇摇头，警察继续问："多少天没有回家啦？知道去哪里了吗？"

花猫妈开始哭："好几天了，不知道去哪儿啦，是不是走丢了？是不是又闯什么祸啦？"可怜之人必有可恨之处，这句话用在花猫他妈身上是再合适不过。从我看到花猫变成一个疯子以后，就从心底恨这个女人，如果不是她，花猫不会变疯，应该让警察把她抓起来，因为她的无知，毁了花猫的一生。

警察低着头说："大娘，自己可以下地走吗？穿上衣服，让几个人扶着您，和我们去看看，我们找到梁亮，您看看是他吗？"花猫妈穿着衣服："这孩子是不是又进监狱啦？我就知道，他和他爹一样，都是监狱的苗子……”我转身走开，恨得牙痒痒。

回到公共厕所门口，看到我爸已经把他穿的棉袄脱下来，盖在花猫脸上。天太冷，我爸正抱着胳膊和两个警察说话。我赶紧把自己的军大衣脱下来，给我爸披上。远远看着花猫他妈给两个人架着，往这里走。

做一个成年人最讨厌的一点是控制自己，如果爱不能表现出来，恨更不能。做一个合格的大了更需要超强的控制力，我爸站在我旁边小声提醒：“花猫已经死了，说什么也没有用！记着：死人不能复生……你送他最后一程吧！”

我知道我爸的意思，他想让我做花猫白事的大了。我忍着泪看着盖着我爸棉袄的花猫说：“嗯，好！”我真怕我再多说一个字，就会大哭出来。

当我爸把他的棉袄掀开，露出花猫全部的身体，警察问：“看看，这是你儿子梁亮吗？”花猫妈还真认认真真看了半天才说：“看看他右手，手背上如果有一个大疤就是……”我一直死死瞪着她的脸，真想冲过去对着她大喊："都是你！都是因为你！花猫才变成这样的！"果然，翻过花猫的右手，手背有很长的一道伤疤，花猫妈看见以后跟一个老教授一样慢条斯理地解释说："这个伤疤，是他跟人家打架的时候，被人用刀砍伤的。我怕他被人砍死，才把他送进监狱的。监狱是个教育人的地方，如果不把他送进监狱，他啊……可能已经早被人砍死啦！"花猫妈这才想起哭，好像哭也不是哭自己儿子死了，是哭她坚强，做得对。

太阳完全升起来，起风了。花猫的遗体装进一个尸袋，被一辆救护车拉走了。

我穿着一件毛衣，但一点感觉不到冷，气愤让我发热。我爸对我说："走！我们去花猫家……"虽然花猫的尸体不在，但白事还是要办。

回到花猫家，他家里来了很多人，都是来安慰的邻居。花猫妈坐在床上才想起伤心，可能刚才发生得太突然，毕竟是自己唯一的儿子去世，她哭着诉说："我的命不好，命太硬，把身边的亲人都克死了。"说着突然用两只手狠狠抽自己的脸，"啪啪"的特别清脆，被很多人劝住，她更是委屈伤心："都是我不好，都是我害了我的儿子！该死的人是我，是我啊……"

我爸和我冷冷看着，气得我牙痒痒。邻居看见我们劝花猫妈说："别哭了，人家大了都来啦！看看怎么给孩子办理丧事。"我爸拉着我对花猫妈说："花猫上学的时候，和我家孩子是同学也是好朋友……"我生气地甩开我爸，不想让他继续说："爸，和她说这些干吗？"我站在床边，仰着头不理她。

花猫妈满脸是眼泪，坐着给我鞠躬，头使劲往床上磕，满头的白头发像刺猬的刺一样立立着，嘴上不停地对我说："谢谢！谢谢大了！"我一阵难受，刚才还挺恨她的，看她这样心一下子软了，恨不起来，而是想她以后怎么生活呢？

3

我爸把我喊到外面的屋子，很严肃地说："我知道你心里天大的不乐意，你不愿意做大了，我不勉强。但这次花猫的白事，是你应该做的，所以你要做好。这是你第一次正式当大了，你必须知道，我们办白事不是迷信，是一代一代大了传下来的。"

我认真听我爸说完，但在当时我并不理解他的意思，只是点头，让我爸以为我听明白了，其实我心里很乱，好朋友死了，我却要表现得像个外科大夫那么冷静。但下面我爸说的话，让我打心眼里佩服，从那天起，觉得做大了，是一个了不起的工作。

"人有七魂六魄，花猫的疯应该是七魂六魄被吓走了一部分，所以显得疯疯癫癫。花猫死在公共厕所，也是一个开放的地方，不是自己的家里，所以花猫的白事，我们要做的第一件事，不是入殓，也不是摆设灵堂，而是做引魂幡。一般人在家里去世，是不用做引魂幡的。引魂幡是给那些死在外面，没有回家的人用的。以前的人觉得，如果一个人没有在家去世，这个人的灵魂和身体是分开的，身体死了但灵魂还在四处游荡，去世人的灵魂无法到达阴间。所以人们想出用引魂幡把四处游荡的灵魂引回来，让身体和灵魂合在一起。"

我非常同意我爸关于七魂六魄和花猫变疯的分析，想知道我爸怎么做引魂幡。外面很冷，加上我没有穿棉衣，冻得一直跺脚。我爸看我穿得少，回家给我拿衣服，顺便把做引魂幡的材料和工具带过来，他先教给我怎么做，再教给我怎么用。

我爸走以后，我没闲着，回到花猫屋子里。花猫自己有一间不大的小屋子，上学的时候我和几个同学来过，在他的小屋子里看书、玩扑克。虽然过去了很多年，我再回到属于花猫的小屋，时间好像停止了，屋子里的床、小桌子、两个小柜子、一把木头椅子，什么都没有变，只是花猫不在了……

我想把灵堂设在花猫的屋子里，省得花猫妈看见灵堂难过。花猫的屋子很脏，好像很久没有人住似的，全都是土。我找了块干净点的布，把桌子擦干净。虽然是第一次当大了，但从小到大看也都看会了，知道该摆什么。但花猫家什么都没有，只有等我爸回来，把引魂幡做好，我再去给他买喜欢吃的烧鸡。

我爸回来的时候，好像出了趟远门刚回家，几乎把白事要用的东西都拿了过来，包括蜡烛、水果点心、烧纸，甚至烧纸用的瓷盆都准备好了。做引魂幡要比我想象的简单，用三根小木棍，一根竖着，剩下两根交叉横放，在中间挂一块白布，白布左边写死者的生日，右边写去世的日期，中间写上死者的名字。做好以后挂在屋子外面，风吹动写有生辰八字和名字的引魂幡，可以把死人丢失的灵魂引回来。后来我想，这有点像我们现在用的手机或是电视信号，信号我们是看不见摸不到的，引魂幡也是一个信号，可能只有死去的人才能收到的信号。

那天我第一次觉得大了好像个魔术师，迷信是假的，但美好的愿望确是真的，就算是假的，也是美丽的谎言吧……

从小我就喜欢做手工，这一点遗传我爸。做好的引魂幡像一个带木棍的风筝，我问了花猫妈花猫的生日，写名字时我很为难，所以大名外号都写了：梁亮（花猫）。

我爸说："现在引魂幡不用挂很高，放在门口就可以。"我为了让引魂幡的信号更强，决定要挂在房顶。那天的风很大，我穿上我爸给我拿来的军大衣，就不觉得冷了。找邻居借来上房的梯子，我试了试，不太行，关键时刻还是得靠我爸，把引魂幡结实地固定在房顶。

从房顶上下来，我跑出院子，跑出很远再转过身看房顶上的引魂幡，在风里，幡来回飞舞，像一面白色的旗，朝着四面招手。不知道是不是心理作用，再回到花猫屋里的时候，觉得屋子里很温暖。

我坐在屋子里守灵，我爸进屋缓慢地坐在我跟前，后来我办白事多了，发现人们在白事上动作都是慢慢的，不知道是身体累还是心累。白事容易使人累倒是真的。

我爸坐了一会儿也不说话，默默抽了一根烟才对我开口："有个事儿，你不知道，我要和你说清楚。"

我转过头看着他，觉得做大了，事情还真多。

"引魂幡在出殡的时候，谁拿着是有规矩的，有指定的人，不是谁都可以。"

"又是规矩？白事的规矩真多，谁拿不都一样嘛？"我有点不耐烦。

我爸像只老了的钟，不管外面是什么季节怎么变化，他依旧按照他的规律，嘀嘀嗒嗒地走，嘀嗒嘀嗒地当他的大了。他并不介意我的抱怨。

"规矩多？现在已经少了很多规矩……人们做什么事情都怕麻烦，想着事情越简单越省事越好，可规矩就是规矩。人们少了规矩就没有约束，少了约束，人就容易做出后悔的事儿。你还年轻，不会太明白，以后你经历了一些事情才能懂这个理儿。我刚才说哪儿了？哦……打幡，一般都是家里的儿孙晚辈做这个事儿。像花猫年轻又没有结婚生子，没有人给他打幡，我知道你想打，但白事有规矩，我死了你可以给我打，花猫死你不可以……出殡的时候，引魂幡从前是放在棺材上，意思是让死去的人自己顶幡，等于是死人自己顶着幡去了阴间。"

当时我不理解像旗子一样的幡，哪来这么些个破讲究？直到我去了西藏，看到美丽的经幡，问了当地人，才知道幡的重大意义。当地人告诉我说："经幡是神灵的住所，经幡在风中飘动，每飘舞一下，等于诵经一次，祈求了一次神的保佑。"

4

既然我是花猫白事的大了，我决定当天晚上留下来给花猫守灵。花猫的遗体不在，按照我爸的意思，守灵不守灵都是可以的，要死者家属决定。

我当花猫是哥，就是花猫亲属。晚上花猫家很冷，家里只有一个炉子在花猫妈那屋，但就是这样，我依然坚持守灵。胆子小的或敏感体质的，都做不了大了，大了要有强大的心理承受力，说白了是要有一个不做亏心事不怕鬼叫门的良好心态。

事实证明当天晚上，还好是我留下来守灵，要不花猫家又要多一个死人。

晚上十点以后，安慰花猫妈的邻居都陆陆续续回家了。天越来越冷，长明灯和大门都开着。我蹲在地上给花猫烧纸钱："花猫我多给你烧点钱，你在那头花着痛快，我呢也暖和暖和。"

把我爸拿来的所有烧纸烧完，才凌晨一点多。实在冷得不行，我用胳膊抱着腿，把自己抱成一个球，可能也是太困，不知道什么时候睡着了。

睡也睡不踏实，蒙蒙眬眬感觉屋子里有人。我的头低着埋在两腿之间，心里想着是不是花猫回来了。我没有抬头，不是因为害怕，我是怕吓着花猫，所以依旧保持不动。

细碎的脚步声在屋子里转了两圈，转身出去，我才慢慢抬头，往屋子外面看，原来是花猫他妈，可能是她看见花猫屋子里的灯亮着，过来看看，我没有在意。

只听花猫他妈那屋有很小的声音，不知道她在做什么，但我也不好奇，对花猫妈不反感已经不容易，她睡觉不睡觉，和我无关，再说儿子刚死，怎么睡得着呢？花猫的死就是她一手造成的。

夜里很安静，到了晚上连风都停了，我冻得全身发抖，白天忙乎了一天，不知不觉睡着了。蒙蒙眬眬之中我睁开眼，分不清是现实还是梦境，看见花猫坐在我旁边，我又惊又喜，啊，花猫回家啦。

花猫还是上学的样子，他对我笑笑，带着小痞子的劲儿："行啊，有两下子，跟你爸没白学，到最后我还是落你手里啦！多亏了你和你爸，如果没这小旗，我还真回不来嘿。我这不回来谢谢你嘛，正好想和你聊聊，这些年我最想的不是我妈，都是上学时候的事儿。"

我笑不出来："看你这死法儿有够衰的，怎么死不行干吗非掉粪坑？和我说说，这些年在监狱你受了不少苦吧？还恨你妈吗？"

"开始时候恨，是真恨啊……我他妈想不明白，我亲妈为嘛要陷害我偷戒指？如果不是她，我能到监狱那个人间破地狱里？哥们你以后可别犯罪，我那罪受的，

唉 …… 每天都想死了算啦。"

不知道什么时候花猫手里多了一根烟:"后来想明白,就不恨啦 …… 我妈是怕我被人打死。"说着,他举起手让我看上面的疤,"因为这个伤我妈哭了好几天,她整天念叨,她把我养大不容易,不能让我走了我爸的老路。我妈一家庭妇女,以为我去打打杀杀担心嘛的,也正常,她误会我也是我活该,谁让我他妈见义勇为救了你呢? 也怪我年轻时候叛逆,没和我妈说清楚。"

说着,花猫哈哈大笑了几声:"这就是我的命,我认不认都要认,谢谢你来送我。"突然他一脸严肃,"你赶紧去看看我妈。"我一下子惊醒了,用双手使劲抹了抹脸,赶紧站起来往花猫妈那屋走。

走到门口,听见花猫妈在哭,自言自语,夜里安静听得很清楚:"亮啊 …… 对不起! 我知道我说什么都没有用啦! 你恨我打我都行,可你已经走啦,这是我最伤心的。我以为自己做得没错,没有想到 …… 没有想到竟然害了你! 你走了,我在这个世界没有任何留恋了,活着也是受罪，这是老天对我的惩罚。我知道，我应该受到惩罚！亮啊，我去那边找你，求你原谅我吧……"

我想冲进门，门却在里面被反锁着，我使劲用身体撞用脚踹，几下踹开门，看见花猫妈已经挂在房子中间，脸有点紫，我不知道自己是怎么过去的，只知道抱住花猫妈的两条腿使劲往上举，低头看见不远的地方有个凳子，我用脚把凳子一点一点够过来，用一只手继续托着，一只手把椅子立起来，慢慢托着站在椅子上，把花猫妈抱下来，还好花猫妈很轻，否则我抱不动，想救也救不了。

把人救下来以后，我才发现自己出了一身汗，后背全都湿透了。花猫妈的脸已经不怎么紫了，我缓了半天，一摸鼻子下面，还有呼吸，一颗心才算放下。等她醒过来，不再大哭大闹，像是累了，闭着眼安静地躺着。后半夜我没有给花猫守灵，而是守在花猫妈身边。不仅如此，还把能找到的剪子菜刀都藏了起来，真是怕再出点嘛事儿。

　　天亮的时候更冷，我也管不了那么多了，把花猫家炕上能盖的东西都往身上盖。大概六点左右，不知道怎么回事，我不觉得冷反而全身热得难受。没过多长时间，我爸和我妈不放心一起来看我。

　　我妈看见我围着乱七八糟的破布，半坐在炕上，心疼得眼泪都快掉下来了，伸手一摸我的头跟我爸说："这孩子发烧啦！你摸摸，全身跟火炭似的，我先带她去医院，你在这里盯着。"

　　我一看见爸妈模模糊糊的脸才彻底放松，感觉特别累又特别困，但还是挣扎着，用微弱的声音对我爸说："昨天夜里花猫妈上吊自杀，被我发现救了。还有爸，花猫回来啦，我昨晚看见他了，还聊了一会儿……"

　　我妈听了心疼："你一定很难过吧？看你烧得迷迷糊糊的。"我挣扎着想跟我妈辩解，被我爸按住，对着我不停摇头，我明白他的意思，闭上了嘴。我们走出来，路过花猫那屋，我妈扶着我的胳膊，我们站在花猫的灵堂看了一会儿，花猫连一张遗照都没有，我妈叹口气：

"我都听你爸说了，花猫这孩子死得太惨。如果不是咱们，可能连给办白事的人都没有。"

因为发烧，我穿得好像要去南极，天天待在花猫家。我当时已经和花猫妈生活了三天，一是怕她再想不开自杀，二是花猫的尸体被警察拉走没有任何消息，我在他家等消息。

白事第三天下午，我在花猫屋里正切菜，两个警察进了门，他们不是上次的，是两个从来没有见过的年轻警察，二十出头，与花猫和我差不多大。一个警察对我说："梁亮的尸检已经出来啦，正常死亡，尸体已经送火葬场，明天可以火化了。"在他眼里，花猫只是一个案子。另一个警察上下看了我一遍，很警惕地我问："你是谁？和梁亮什么关系？"

"我是梁亮的大了，他是我同学。"我大声回答，心里说不出的敞亮。放下手里的菜刀，不管警察问我什么，我只关心花猫在火葬场的情况，好像他还活着，一个人在火葬场会不会受了什么委屈。我着急地问："花猫现在怎么样？"

"女孩子当大了？"警察很吃惊，用诧异的眼神看我，"人都死了，你说还能怎么样？"

"是啊，还能怎么样？"我小声重复他的话。警察把他随身的黑色公文包拉开，拿出一张纸："这是梁亮的死亡证明。"他异常严肃，"我要把死亡证明交给梁亮的家属。"

"谁呀？进屋说话……"花猫妈在另一间屋子里喊，我擦了擦手回答："是警察！警察来看看您！"

花猫死了，换来一张证明。去火葬场的时候，招魂幡我坚持要拿着，我爸拿着给花猫的寿衣烧纸，我妈搀着花猫妈。

再次看到花猫的时候，看脸看身体，我看不出是他。花猫变成了另外一个人，我从来没见过的陌生人。甚至不像人而是变成了一件东西，很可怕的东西。他平躺着，全身都是黑的，又脏又臭，像是黑色的橡皮塑料模特。衣服冰冷梆硬，不知道是不是刚从冰箱推出来，他全身冻得比夏天的冰棍还瓷实。

我爸有经验，先让我妈把哭得死去活来的花猫妈拉到外面，我回头看了一眼，花猫妈已经直接坐到了地上。我爸第一次声音里带出悲伤："时间来不及，先把脸和手擦干净吧……"

我负责擦手，虽然知道花猫已经死了，但这是我的好朋友花猫的尸体，每擦一下都觉得他会疼一下，而我的心也跟着一下一下地疼。

突然想起上学的时候，一个下午，我们好几个同学靠在学校围墙的墙根坐着，花猫偷着抽烟，不知道想起什么，突然笑着对我说："我爸是打架被人打死的。你们家不是专门给人做白事的吗？如果我哪天被人打死，我的白事你来给我当大了，怎么样？答应吗？"我记得那天我正吃着一根小豆冰棍儿，阳光很刺眼，我点头答应，看着他手里拿着烟，一口一口仰着头吹散。

那只拿着烟的手，正是我擦的那只。花猫妈说的右手上的伤疤，我正轻轻擦着，眼泪控制不住地掉在伤疤上。

我到死都会记得这个伤疤，那不是他和谁打架被砍的，是他那次为了帮我，自己砍伤的。

"今天这事，我扛啦。我砍自己一刀，以后咱们谁也别招惹谁！"他就在我眼前，微笑着对着自己的右手使劲砍了下去。

王子帅

1

在讲这个白事之前，我有种很特别的心情，不想很快把这个故事讲完，好像一本书太好看，我不舍得很快看完，觉得讲完看完，故事和书已经离我而去，不会再属于我。

王子帅去世的时候只有七岁，他是个男孩，他的父母都是了不起的医生，但还是没有治好王子帅的病。子帅的爸爸第一次找到我的时候，我们在医院花园里的长椅上聊孩子的白事。他提出一个方案，说完以后，我以为自己听错了，因为这个方案太不现实，可能我这个大了，做梦也想不出来。

子帅的爸爸王医生很平静地对我说:"我打算在游乐
场给王子帅办葬礼。"

"游乐场？ 葬礼？"我下意识重复,好让我的大脑重
新输入并确认,我听到的是:在游乐园办葬礼!

医院里人来人往比超市还热闹,王医生看着来来往
往的人说:"对! 你是不是觉得不可思议？ 我和几个朋
友说的时候,他们也都是你现在的表情,觉得我疯了。"

我小心地问:"您爱人同意吗？"

"她同意。她说'对于一个去世的人来说,怎么办葬
礼都是无所谓的,既活不过来又不可能再次受到伤害'。
我们都是医生,所以我爱人没有意见。"王医生依旧看着
医院门口进出的人群。

我想说:"这样的白事,我没办过。"可话到了嘴边
却怎么都说不出口。紧张让我不知所措,双手比画着表
达了我的敬佩:"您爱人这话说得在理。"

在我接触的逝者家属里,很少有人能把"死亡"这件
小事看明白。死亡是我们所有人过不去的一道坎,一想

到某天自己会死去，在这个世界彻底消失，从身体最深处会涌上一种莫名的恐惧。我细心观察过很多临终前的老人，在他们的眼神里，我只看到眷恋与不舍。

"我找你来，想听听你的意思，毕竟你是大了，我朋友说你们家好几代都是大了。"

我苦笑着解释："人家都是富二代，到我这里是大了二代。刚才您说去游乐园办白事，能具体说说吗？游乐园能同意么？"我感觉这个白事很挠头，心里没底，游乐园办葬礼完全不靠谱。如果不是看见王医生一脸认真的表情，人又很靠谱，我一准以为，有人拿我找乐。我把手机拿出来，瞄了一眼日历，不是愚人节。

我们坐在长椅上，王医生坐在我的左边，我们并肩坐着。聊天五分钟后，他第一次转过头看着我。我诧异地看着他。王医生突然对我苦笑："大了师傅，你不用害怕，我精神没有问题。"

"我没有害怕，我知道您是医生。"精神有没有问题我不敢说，医生成为疯子又不是没有。

他还是真诚地看着我，王医生戴着眼镜，眼镜片在阳光底下闪闪发光，虽然很轻，但我还是听见他叹气，声音哽咽。他就这么看着我说："游乐园怎么会同意办葬礼呢？当然不会同意，一般我们的葬礼都是很私密的，大多数人都是在自己家里举行。而我想在游乐园举行葬礼，其实不是为了子帅，是为了他妹妹，我的小女儿，子姗。"

说着王医生把头转过去，用手抹了一下眼角。我不说话，等着他继续说完："子帅是白血病，为了给他治病，我们又生了一个孩子，就是子姗。可子帅的病……可能这孩子不属于我们，但因为他的病，又给了我们一个健康可爱的女儿。子姗经常问我：'爸爸，死是什么？哥哥是要死了吗？哥哥死了不和我们在一起，哥哥去了什么地方呢？'我不知道怎么回答。"

在我们面前恰巧走过一个小女孩，王医生静静看着孩子，等小女孩和父母消失在医院门口，他才继续说："有一天女儿又问我，我就对她说：'死是去自己喜欢的地方玩。哥哥最喜欢的地方是哪里？'女儿说：'游乐园！哥哥最喜欢游乐园！最喜欢蜘蛛侠！'那天女儿第一次提到死的时候没有伤心，还特别高兴。所以每次我们都会讲游乐园的故事……妹妹告诉哥哥，子帅相信了，十分高兴。妹妹还经常兴奋地和哥哥说：'哥哥死了，蜘蛛侠会在游乐园把你接走，以后你可以天天和蜘蛛侠一起生活！'两个孩子只要在一起，就会很兴奋说着这个关于死亡的美好，死亡成了他们的童话故事。"

说到这里王医生哭了，眼泪从大大的眼镜片里流下来，他摘下眼镜，用手抹去眼泪："我不想让子帅在医院去世，已经把他接回家，他活不了多长时间，也就这几天……"

我心里不是个滋味，不知道怎么安慰人，等他戴上眼镜继续看着远处的时候，我小声地问："王医生，您需要我干点嘛呢？"

他从口袋里拿出手机看了一眼："时间不多，我长话短说。我已经把整个葬礼想了很久。子帅在家里去世以后，如果是白天我们会立刻通知你，你在我们到达游乐场之前先到，穿好蜘蛛侠的衣服，站在大门口等着我们。"

"如果是晚上呢？"我忍不住问。

王医生推了推眼镜："如果是晚上，我会提前通知你时间，只要游乐场一开门就可以。所以你的电话要在这几天二十四小时开机，保证我能随时联系到你。"

"您放心，我的手机一直都是开机。"

"你到达游乐场时要换上蜘蛛侠的衣服、戴好面具，看到我们要主动和我们打招呼，我会把子帅交给你，你一直抱着去坐摩天轮。"王医生语气平静，好像在讲一个和他毫无关系的故事。

"坐摩天轮？然后呢？"我已经觉得这个白事简直就像一个梦，太离谱了。

王医生继续平静地说："你抱着子帅上了摩天轮，我们站在下面看，我已经跟子姗说好，蜘蛛侠会在摩天轮上给我们变一个魔术，蜘蛛侠会带着子帅消失，子帅从此以后要和蜘蛛侠生活在一起。"

"我要和子帅怎么消失呢？"我也怕自己演不好，出现什么错误，现在的孩子都聪明着呢，不太好骗。

"其实很简单，你抱着子帅朝着我们招手，等摩天轮到了一定的高度，你抱着子帅突然蹲下，不要站起来，那个时候我们可以告诉子姗：'蜘蛛侠带着哥哥飞走啦！'大了师傅，你还有什么不明白的，可以问。"

我的性格很稳定，适合做大了，简单，不用费脑子。王医生的白事计划虽然不复杂，但突然一听，我脑子还是很乱，倒不是我智力有什么问题，我是紧张。一想到我要抱着去世的孩子，又是蜘蛛侠又是变魔术玩游戏，我的耳边仿佛能听到我爸对我大声斥责："胡闹！把白事当什么？过家家吗？"

我想起一位九十多岁的老大爷和我聊天，大爷哆哆嗦嗦地问我："大了啊，你知道死是什么感觉吗？"

我摇头，九十多岁的大爷突然很神秘地对着我一笑："你小时候玩过捉迷藏吗？你藏起来，一直藏起来很长时间都没有人来找你，突然你听见脚步声，那是有人来找你，他一把抓住你的胳膊说：'抓到你啦！'你又高兴又害怕吧？死就是这样的感觉！你相信吗？"

我使劲点点头，真的觉得大爷说得有道理，但大爷却很失望地告诉我："我和很多人说这个秘密，没有人相信我，还说我年纪大了，脑子糊涂。这么好的秘密，只有我一个人知道，真可惜啊……"

小时候和小伙伴在一起玩捉迷藏，每次有人要抓到我，就会又紧张又兴奋，自从王医生和我说完，我就一直有小时候捉迷藏的感觉。

2

"我应该说什么呢？"作为一个大了扮演蜘蛛侠，这明显已经超出了我的工作范围。

王医生看我很紧张，站起来："我也不知道你该说什么，尽量少说话吧。"

当时是春天，树叶已经开始发芽，风吹在脸上暖得人犯困。天是浅蓝色的，没有云。我跟着王医生来到停车场。他从车里拿出一个纸袋子："不知道你的身高体重，你穿可能有点大，不过没关系，应该可以穿。"

我打开袋子看了一眼，看到一身衣服和一个红色的面具，是我最讨厌的蜘蛛，老实说，我从来没有看过蜘蛛侠，我和一般人不一样，不害怕尸体害怕蜘蛛。

我把子帅的白事前前后后想了一遍，发现王医生并没有告诉我游乐园以外的白事该怎么办。我越想越乱，把袋子拎在手里，我问："蜘蛛侠带着子帅消失以后呢？"

王医生愣了一下："对不起，我忘记说啦，你们消失以后，我们会带着子姗去离摩天轮很远的地方，到时你下了摩天轮抱着子帅从游乐园后门出去。我会安排一辆车接你。你们去我父母家，孩子的爷爷奶奶会等着。等我们把子姗送到姥姥家会赶过去，子帅的葬礼也在那里办。我没有通知其他人，毕竟是孩子的葬礼，只有几个特别好的朋友，到时候我们再商量葬礼的具体细节。"

重要的事情不能用耳朵听，要用脑子记，尤其性命攸关的事情，更不能出现一点的差错。婚礼或许还能有补救的机会，葬礼错了可能会成为永远的遗憾。大了办白事的时候，不能喝酒更不能迷糊。

我认真听着后面的安排，一遍记住所有白事具体细节。

王医生赶时间去上班，最后说了一声："谢谢你大了，一切拜托啦。"转身走向医院门诊部，我看着他一身白衣消失在黑漆漆的大楼里，低头又看了一眼手里的纸袋。一想到有个可爱的男孩将要死去，心里很难过。

所有的白事，大了最不喜欢给孩子入殓，他们刚刚去世透明光亮的脸，带着一层光的柔嫩皮肤，长长的黑色睫毛，闭着眼睛像睡着的娃娃。好像他们能随时睁开眼睛，对着我露出天真无邪的笑。

最残酷的死亡，莫过于孩子的离世。

回到家，我打开袋子把衣服拿出来，想着穿上试试，但那衣服做得别提多像蜘蛛，我没有战胜我的蜘蛛恐惧症，把袋子藏进衣橱，暗自庆幸子帅喜欢的是蜘蛛侠而不是蜘蛛。

第二天我又去了一趟游乐场，特意找到摩天轮的位置，摩天轮的下面有一个像医院里的长椅。我仰着头看了一会儿，又买了一张票坐上去。

摩天轮一个一个好像大灯笼挂在天上，玻璃很脏，看外面不是很清楚，子姗可以看到我抱着子帅的遗体，朝她挥手吗？突然蹲下以后感觉空间不大，但可以把子帅放在旁边的座位上。从摩天轮下来的时候，我才觉得这个白事有点靠谱了。

我做白事的经验是，不要提前都想好，谁也说不准当天的情况，因为总有意外的事情发生。如果是其他的事情，还可以说"留有缺憾才能够有美好的回忆"这样胡扯的屁话。但在白事上每次遗憾，都让大了们自责。

每天我都在等王医生通知我去游乐场的消息，睡觉都把手机放在枕边，白天每过五分钟会打开微信看一眼，生怕错过王医生发来的消息。那几天做梦都是去游乐场里玩，还有关于我和蜘蛛的噩梦。

终于在一天早晨，我收到了王医生的微信："大了师傅，子帅昨天夜里走了，十点三十分你到游乐场前门口等我们，记得把蜘蛛侠的衣服穿好。"

"收到。王医生节哀顺变。"从床上跳起来，把装蜘蛛侠衣服的纸袋子从衣柜里拿出来，飞快出门。

十点整，我已经到了大门口，深吸一口气，一闭眼把衣服穿在身上，戴上面具。那天不是周末，游乐场的人不多，也没有什么小朋友，只有年轻人进来，几个年轻人看到我，非要跟我合影。

十点三十五分，我看到王医生抱着一个孩子，王医生的爱人领着一个小女孩，女孩很开心的样子，在大门口买了两个气球。王医生看起来一点也不伤心，跟孩子笑呵呵地说话，他爱人还把一个气球线绑在子帅的手上，看到这一幕，我有点吃惊，他们越走越近，我正紧张得不知所措，小女孩拿着气球跑过来对我说："蜘蛛侠，你是来接哥哥的吗？"

子姗的声音很好听，穿着白色的裙子，扎了一个马尾辫，仰着头，天真的脸上都是幸福，我看着孩子愣了，很快回答说："小朋友你好，我是蜘蛛侠，来接一个可爱的男孩，原来是你的哥哥。"

小女孩回头看了一眼妈妈，妈妈笑着点点头，我觉得我应该蹲下来和她说话，她对我小声说："蜘蛛侠，我叫王子姗，哥哥叫王子帅。我哥哥病了，你能治好他的病吗？"

"我试试，应该可以。"

"治好以后，哥哥还能回来找我玩吗？"孩子相信了。

"哥哥好了以后，会去梦里找你的。你要每天晚上乖乖睡觉哦……"这是我临场想出来的，我都佩服我自己。

子姗想了想继续说："好吧！我会好好睡觉。但是蜘蛛侠，我告诉你啊，我哥哥不喜欢吃胡萝卜，白萝卜也不喜欢吃，嗯……还有我会想他，他如果也想我，想我和爸爸妈妈，你让他回家找我们。蜘蛛侠，你再把他送回来行吗？"

我看了一眼不远处的王医生，笑着对子姗说："好，蜘蛛侠都记住了！"

我站起来，王医生走过来把子帅从他怀里放到我的怀里，去世的孩子脸色苍白，很轻，没有任何温度。

我们一起往摩天轮的方向走，按照原来说的计划，王医生给我买好了票，我临走的时候转过头，挥舞子帅的手对着子姗说："再见哦……"

我转过头听见子姗突然尖叫大喊："不要！我不要哥哥离开我！哥哥和蜘蛛侠在一起，会忘了我的，我不要哥哥忘了我！"她委屈地哭着。我转过身看着王医生和他爱人，很明显他们也没有想到会是这样，慌乱地安慰："子姗不要这样，我们不是说好了的吗？"孩子不管，一个劲哭着说："我不要哥哥离开我！"

我下意识深吸一口气，抱着子帅走过去蹲下："把哥哥的气球给你，你想哥哥的时候，让妈妈买个气球，把气球放飞，气球飞上天哥哥看到，哥哥就会去梦里找你，哥哥会一直陪着你⋯⋯"我说不下去，低着头又怕眼泪掉在孩子的身上。

子姗含着眼泪点了点头，王医生把子帅手上的气球拿下来，交给子姗，子姗拿着两只气球，脸上还挂着眼泪。我一狠心转身走入摩天轮的检票处，上去以后，我拿起子帅的手，对着在下面的王医生一家人不停地挥手。

王医生抱着子姗，一家三口对着我挥手，我看得清楚，子姗挥挥手用手背狠狠擦眼睛。我们越来越高，他们渐渐变得很小。在抱着子帅突然蹲下的那一刻，不知道为什么我控制不住地大哭，轻轻把子帅放到摩天轮的椅子上，摘下面具直接坐下，擦着眼泪看着天。

突然我看到一只气球，红色的气球，在天上飞。我抱起子帅的头，用手指着红气球："你看，不管你去了哪里，都要记住，妹妹和爸爸妈妈会一直想你。"

3

王医生很细心，给子帅穿了一件带帽子的衣服，而且帽子很大，几乎可以把孩子整张脸都盖住。在摩天轮上我已经把蜘蛛侠的衣服都脱下来，卷成一个圈。

下了摩天轮，我一手抱着子帅，一手拿着衣服和面具。不敢四处张望，低着头尽量走得很慢。出了游乐园上了车，我一直抱着子帅，一路上我和司机都没说话。王医生在微信上留言："大了师傅，我代表我们全家感谢你。"

我回复："收到！请放心。子姗还好吗？"以我平常的工作作风，我只会说"收到！请放心"。不会说后面那句。在工作中，我始终觉得死去的人是陌生人，死者的家属和我也是工作关系，工作的时候不动感情。

但当我问王医生"子姗还好吗？"时，心底里是真的关心，可爱的子姗要过上很多年，等她上了小学才会明白，我们所有人对死亡的善意谎言。

"子姗是个懂事的孩子，你们消失以后，她没有再哭，把子帅的气球放飞了，放飞的时候说：'哥哥不会忘记我，会回来看我的。'我把我爸的电话号码告诉你，他在等着你们。"

按照王医生的电话号码，我给老人打电话。老人听上去很伤心，声音都是抖的。以为老人会在家里等着，可当我抱着子帅找到楼门口的时候，看到两位老人手拉着手站在门口。我们见面以后，都愣了一下，奶奶走了两步摸了摸子帅的手，爷爷搂着奶奶的肩膀轻声说："走吧，上楼吧……"

我跟着两位老人走进房间，房间很明亮，看起来他们已经做了很多的准备，屋子里布满鲜花还有玩具，玩具不是新的，应该是子帅以前玩过的。

奶奶让我把子帅放在一张床上，摸着孩子的头和脸，哭也不发出任何声音，只是默默地擦眼泪。我轻声提醒："奶奶，您千万不要把眼泪掉在子帅的身上，对孩子不好的。"

"哦哦……好，我知道啦！"奶奶用手绢捂住嘴，用手抚摸着孩子的小脸。

爷爷看着子帅发呆不说话，但我看到他的身体在轻轻抖。我拿了一把椅子让他坐下，他感激地看了看，坐在椅子上，依旧傻看着。

我们三个人傻傻看了一会儿，爷爷站起来对我说："我们出去说。"我除了说"节哀顺变"也不会说别的，但这句话不是过年的吉利话，甚至不是句祝福的话，说还是不说，其实意义真不太大。

爷爷依旧全身都在抖，声音也是抖的："大了师傅，不知道我儿子怎么和你说的，子帅的葬礼怎么办？孩子还小……我的意思是，不要按照老人的白事办。"

"王医生没有具体说怎么办，让我等着，他和子帅的妈妈一会儿会过来，我们再一起商量。您放心，我会按照你们的意见，本来我就是帮助你们的。"这是实话，在白事上我也只是个帮忙的。

爷爷看我这样说才放心，站起来又走回到屋子里坐在椅子上，和奶奶一起看着孩子。他们手拉着手，看着子帅。场面又温馨又悲伤，只有在场的人才能体会，在那一刻我突然觉得自己很多余。

去逝者家里办白事，大哭大闹的场面反而会让我安心，最怕安静没有哭声，每到此时，死亡会变成无声无形的压力，弥漫在房子的每个角落，甚至会渗透在房子里每个人的心里。而我是个大了，随着死亡一起到来，像是死亡的帮凶，像是人去世以后盘旋在尸体上的秃鹰，想想也确实很像秃鹰，一身黑衣，冷酷无情。

当我想明白这个事儿以后，多少理解人们为什么会嫌弃大了，对于我们是一份职业，而对于大多数人，我们的出现伴随着的只有死亡。是啊，这样想以后，连我都会嫌弃自己，怎么会怪大家呢？

我拿出手机给王医生发微信："我已经把子帅送到爷爷奶奶家，你们还要多久回来？"

王医生一直没有回复，楼道尽头有一个很小的窗户，我站在窗户前往远处看。楼层很高，可以看到下面的马路和车流，让我想到了刚刚我和子帅在摩天轮里的情景，很少有一个死去的人在我怀里抱了那么久，感受到的死亡也好像不太一样。我和子帅第一次见面，我却感觉以前我们认识，我想我会记得他的脸，不会轻易忘记。

　　不知道什么时候，王医生站在我的身后说："大了师傅，我们一起进去吧……"

　　王医生和爱人换了衣服，我们一起回到屋里，子帅的爷爷奶奶依旧坐在床边看着孩子的遗体。王医生走进屋里蹲下，他爱人也跟着蹲下。这是他们一家人最后团聚的时间，王医生和爱人抱起子帅，夫妻分别亲亲孩子的脸。

　　"爸妈，对不起！让你们伤心啦！"放下孩子，王医生拥抱两位老人。爷爷摇晃着站起来拍着王医生的背："我知道你们已经尽力，子帅是你们的儿子，你们比我们更难过……"

　　这句话说得很轻，可能对于子帅的妈妈却是很重的一句话，或许人在最悲伤的时候，看见亲人或听到一句温暖的话，都可以让一个看起来很坚强的人瞬间变得很软弱。一直没有说话的子帅妈妈一下子坐在地上大哭。我以为医生冷静，好像我们大了见惯了生死，不太会大哭的，看来我又想错了。

王医生没有着急让她起来，而是把爱人搂在怀里："想哭就哭吧……"所有人都静静听着她哭，奶奶也跟着哭，爷爷握着我的手："大了师傅，我们把孩子交给你了。"

4

"爷爷，作为大了我只能告诉您，小孩子是不办葬礼的。直接送殡仪馆火化，没有骨灰盒骨灰也不保存。您不要生气，小孩子不办白事，这是我们大了都知道的，一代一代传下来的规矩。当然如果您想给子帅办，也是可以的，我们大了听从家属的意见。"后面我语无伦次，也不知道说什么才好，爷爷奶奶很吃惊，让我想起我小时候，第一次听我爸这样说。

"子帅多可怜！可怜的孩子……"王医生的爱人哭得更伤心了。

我说："子帅是你们家的孩子，我是大了，我会按照你们的想法办理白事。"

王医生很为难地："大了师傅，我们商量一下，一会儿告诉你结果。"

我点点头走出屋子，在大门口等。我尊重所有逝者家属的决定，对于去世的人，葬礼白事根本是无所谓的事儿。如果说一场白事是一场悲伤的聚会，去世的人是一场白事的主角，很可笑的是：主角不在场不参与，只是一个道具般的存在。

白事因一个人去世开始，围绕着这个没有生命的人，三天时间，几十几百甚至几千人聚集在一起。

几千年来，殡葬行业还一直存在，白事的真正意义是为了活着的人。人们希望通过这些仪式感激死去的人，希望他在另一个世界里继续生活得很好。通过葬礼，和去世的人有一个告别，一个白事送走一个去世的亲人，人们接受了死亡，接受了离开，说简单了是一个心理上的接受过程。

过了很长时间，王医生和爱人才走出来，王医生对我说，好像我们是认识很久的朋友："我爸妈都是一辈子的老党员，他们不相信鬼神，只相信人死以后应该有一个葬礼。我们尊重父母的决定。"

王医生的爱人很少说话，第一次对我说："大了师傅，感谢你为我们做的一切！子帅的葬礼还要麻烦你。"说着她从口袋里掏出一个用白纸包裹的小纸包，递给王医生，王医生拿过来递给我："大了师傅，你帮了我们这么多，我们心里实在过意不去，这是我们的心意，你拿着。"

我知道这钱是因为我在游乐场给予他们帮助的报酬，如果不是一个孩子去世，我不怕钱烫手，肯定会收下，但因为去世的是一个七岁的孩子，拿着这钱花着心里也不舒服。

我把钱还给他们："王医生，你们的心意我收下，替我把这个钱给子姗，用这个钱给子姗买气球，让她想哥哥的时候，可以放气球，很多很多气球……哦，对了，我一直在想如果子帅真喜欢蜘蛛侠，我觉得可以让他穿着蜘蛛侠的衣服走。可能衣服有点大，改改可以穿。"

王医生的爱人眼前一亮："这是个好主意，我和爷爷奶奶商量一下。"说完她转身进屋，留下我和王医生。

"我爸妈已经决定，把孩子的骨灰放在密封的花瓶，收藏在客厅的柜子里，等他们都去世以后，和我爸妈的骨灰放在一起。他们说要永远照顾子帅，不管是现在还是以后。"

我不再说话，我们都沉默着，直到王医生的爱人从屋子里走出来对我说："爷爷奶奶同意用蜘蛛侠衣做寿衣。"

晚上王医生让爷爷奶奶去休息，让爱人回姥姥家陪着子姗，只剩下我和他两个人给子帅守灵。子帅躺在沙发上，穿着蜘蛛侠的衣服，面具也戴着，盖着单子。很小的一个人，躺在沙发上，我和王医生坐在沙发旁边的椅子上聊天。

"子帅临去世前，他在我的耳边说：'爸爸，我知道人死以后都会哭，我死了你不要哭，爸爸你说男子汉要坚强，爸爸你是个男子汉，爸爸哭了……我会难过的。'"他说着眼泪大滴大滴地落下来，哭得特别委屈，肩膀抽动着。

　　我站起来，从纸巾盒里抽出几张纸，轻轻递给他。过了一会儿他擦干眼泪，用沙哑的声音问我："大了，你知道我们为什么会怕死吗？"

　　我摇头，他继续说："因为我们拥有的爱太多了……"

尾　声

讲了这些白事故事，我都没有说过一件事：白事上最让大了难过的时候。

不是与遗体告别。

虽然遗体告别会耗尽所有人的悲伤，几乎每场追悼会结束，至亲都会挣扎着与逝者见最后一面，他们会拍打透明的棺材，把脸贴在棺材上，近距离地观看大哭，喊着长辈的称呼或是逝者的名字。

每次我都会提前安排好强壮的男人，负责抬出几名逝者家属，他们大多是逝者的妻子，女儿和母亲，偶尔也有男人被抬出。

但这不是最让大了难过的，最难过的是出殡当天出了火葬场大门，我们大了跟着所有逝者家属，回到家中的情景。

车刚开进小区，远远就可以听见有鞭炮声。来到楼道口，有人在门前点起火盆，参加出殡的所有人都要跨过火盆，单手抓小糖馒头，吃一块糖。

这些殡葬习俗源远流长，最早可以追溯到古代，古代人们认为这样做可以净化自身，避免邪气侵扰。

当人们陆陆续续回到家中，家里留下的一部分人，已经把所有房间收拾整洁。没有了棺材没有了供桌没有了烧纸盆，一个大活人也随之消失，永远不会再回来。

我会看到刚刚从告别厅抬出的人，哭肿的眼睛里失去了光，我看着他们在房间门口傻站，或是呆坐在床上沙发。不管多小的房间都显得空空荡荡，因为少了一口人。

敏感的人当不成大了。有次我看一个结婚录像，新娘出嫁后父母回到家里的落寞，让我想到了出殡后回到家，那些寻找却再也找不到那个人的悲伤眼神。

一场白事有多热闹，出殡回到家里就有多安静。我会静静坐在他们旁边，经常我们什么都不说，只是坐着。
有时他们也会说些什么，自言自语或是对着逝者的遗像
聊天。

"你为嘛这么着急走？再陪我几年多好？"

"以后睡觉没有人在我耳边打呼噜，我睡不着怎么
办？"

"大了，我以后走的时候，你还做我的大了……"

我会听着，需要的时候"嗯"一声，点个头。